HEYNE

Von Barbara Cartland
sind als Heyne-Taschenbücher erschienen:

Duell der Herzen · Band 01/6225
Das Schloß der Liebe · Band 01/6259
Flucht vor der Liebe · Band 01/6318
Träume werden Wirklichkeit · Band 01/6353
Die Vollendung der Liebe · Band 01/6404
Das gestohlene Herz · Band 01/6441
Ein Liebeslied · Band 01/6451
Dämmerung der Liebe · Band 01/6488
Rhapsodie der Liebe · Band 01/6549
Ein widerspenstiger Engel · Band 01/6585
Im Sog der Leidenschaft · Band 01/6604
Anschlag auf die Liebe · Band 01/6714
Der böse Marquis · Band 01/6770
Prinzessin zwischen Thron und Liebe · Band 01/6869
Mit den Waffen der Liebe · Band 01/7657
Rache des Herzens · Band 01/7759
Die Liebe siegt · Band 01/7901

BARBARA CARTLAND

WENDE DES SCHICKSALS

Roman

Deutsche Erstausgabe

WILHELM HEYNE VERLAG
MÜNCHEN

HEYNE ALLGEMEINE REIHE
Nr. 01/6961

Titel der englischen Originalausgabe
A RAINBOW TO HEAVEN
Deutsche Übersetzung von Iris Foerster

5. Auflage

Printed in Germany 1994
Umschlagzeichnung: Franco Acconero/Schlück
Umschlaggestaltung: Atelier Ingrid Schütz, München
Satz: werksatz gmbH, Wolfersdorf
Druck und Bindung: Elsnerdruck, Berlin

ISBN 3-453-00716-6

Erstes Kapitel

1930

»Wie ist die Party?« fragte Diana Headley, als sie das Schlafzimmer betrat, dessen luxuriöse Möblierung fast völlig unter Stapeln von etikettierten Mänteln verborgen war.

Das Mädchen, das sich kritisch in einem goldgerahmten Spiegel musterte, stand langsam auf.

»Nicht schlecht«, sagte sie gleichgültig. »Ich muß weiter zu den D'Alroys, aber ich komme vielleicht wieder.«

Diana gab ihr Hermelincape dem wartenden Dienstmädchen und strich vor dem Spiegel ihr weißes Kleid zurecht.

Sie hatte das gleiche, vornehme, gelangweilte Flair wie ihre Freundin, und es wirkte auf einen Außenstehenden so, als wären sie von ihrer unmittelbaren Umgebung losgelöst.

Beide Mädchen hatten jene oberflächliche Ähnlichkeit miteinander, die unter den sogenannten höheren Schichten Mode geworden war.

Ihre Kleider ähnelten sich in Form und Schnitt. Sie benutzten das gleiche Make-up und Rouge, und ihre Haare wurden vom selben Modefriseur gewellt und gelockt.

Und doch unterschied sich Diana Headley deutlich von ihren übrigen Zeitgenossinnen.

Es war nicht nur ihr Bekanntheitsgrad, der sie von

den anderen abhob, wenn dieser auch beachtlich war, oder die Tatsache, daß sie eine reiche Erbin war.

Ihr Vater, Sir Robert Headley, war einer der führenden Finanziers Großbritanniens; sein Name war in der ganzen Welt bekannt.

Diana war sein ältestes Kind und seine einzige Tochter.

Ihre Mutter war gestorben, als sie noch recht klein war, und so weit sie sich zurückerinnern konnte, hatte sie in dem großen Haus in der Park Lane und auf dem Landsitz ihres Vaters in Sussex die Gastgeberin gespielt.

Es war kein Wunder, daß ihr dieses Leben, das so wenig ihrem Alter entsprach, Gelassenheit und eine kultivierte Lebensanschauung gegeben hatte.

Aber sie besaß auch Persönlichkeit. Als sie das Zimmer verließ und langsam die Treppe zum Ballsaal hinunterging, wurde sie von allen Seiten mit Aufmerksamkeit und Freundlichkeit begrüßt.

Frauen jeden Alters eilten herbei, um sie zu küssen und ihr extravagante und übertriebene Komplimente zu machen.

Die Männer waren zurückhaltender, aber schon nach wenigen Augenblicken hatte sie für den Rest des Abends keinen Tanz mehr frei.

Auf die vielen Aufforderungen, die sie erhielt, antwortete sie:

»Tut mir leid, aber für diesen Tanz bin ich schon vergeben.«

Als sie schließlich die Tanzfläche erreichte, wandte sie sich lächelnd einem großen Mann zu, der auf sie gewartet hatte.

»Ich dachte schon, du würdest überhaupt nicht kommen«, sagte er, legte eine Hand auf ihren Arm und führte sie durch die Menge.

»Ich habe dich nicht lange warten lassen, oder?« fragte sie gleichgültig und sichtlich teilnahmslos.

»Mir kam es so vor«, sagte er.

Er legte einen Arm um ihre Taille und begann in der ruhigen, lässigen Art zu tanzen, die zeigte, daß er ein guter, konventioneller Tänzer war.

Lord Dalk war siebenunddreißig. Er lebte schon lange in London und hatte hier und dort sein Vergnügen gesucht, so daß die Leute schon fast aufgehört hatten, darüber zu spekulieren, wen er schließlich heiraten würde, bis er sich in Diana verliebte.

Es bestand kein Zweifel daran, daß er, der gewöhnlich eher anspruchslos war, sich tatsächlich in sie verliebt hatte, und sofort wurden die Klatschbasen tätig und verkündeten, es sei eine passende Verbindung.

Hugo verfügte zwar nicht über viel Geld, aber dieser Umstand wurde reichlich aufgewogen durch Dianas sehr beträchtliche Mitgift.

Er besaß einen alten Titel, einen Familiensitz, für den er Geld ausgeben mußte, er sah gut aus, war ein Gentleman und ein Lord.

Was konnte man heutzutage mehr verlangen? sagten sie.

Ein etwas zweifelhafter Ruf, den er vielleicht schon zu lange hatte, als daß man ihn seiner jugendlichen Sturm- und Drangzeit zuschreiben konnte, war nur ein geringfügiger Makel.

Diana wiederum war schön, besaß Geld und mütterlicherseits eine einigermaßen gute Herkunft.

Ihr Vater war ein Selfmademan, aber so erfolgreich,

daß selbst die größten Snobs bereit waren, seine bescheidene Herkunft zu vergessen.

Während Diana und Hugo in dem überfüllten Ballsaal tanzten, lächelten jene, die ihnen zusahen, auch wenn dieses Lächeln oft mit Neid vermischt war.

»Du siehst heute abend bezaubernd aus«, sagte Hugo leise.

Diana dankte ihm mit einem raschen, aber leicht spöttischen Lächeln. Sie hatte nie das Gefühl, daß Hugos Komplimente wirklich ernstgemeint waren.

Er äußerte sie anmutig und charmant, aber sie mußte unweigerlich daran denken, daß er sie aus langer Erfahrung heraus so gekonnt vorbrachte.

Er wirkte etwas hochnäsig und ließ sich gern anmerken, daß er das Produkt einer guten Erziehung war.

Sie konnte beinahe seine Mutter hören, wie sie sagte:

»Ich hoffe wirklich, Hugo verliebt sich zuerst in eine charmante verheiratete Frau. Für einen jungen Mann ist eine solche Verbindung sehr lehrreich.«

Als sich Diana an diesem Abend im Ballsaal umsah, wußte sie genau, was ihre Bekannten dachten.

Ihre Freundinnen beneideten sie um ihr Glück, weil die meisten von ihnen irgendwann einmal vergeblich in Hugo verliebt gewesen waren.

Einige von Dianas männlichen Freunden waren zweifellos enttäuscht, doch die meisten von ihnen akzeptierten die Tatsache philosophisch, da sie früher oder später heiraten mußte, und Hugo war so gut wie jeder andere – nach dem Prinzip, der Teufel, den man kennt, ist besser als der Teufel, den man nicht kennt.

›Wie gleichgültig mir das alles ist‹, dachte Diana.

Sie schalt sich selbst, weil sie so pessimistisch war.

»Ich bin deprimiert«, sagte sie zu Hugo. »Gehen wir etwas trinken.«

Sie bahnten sich ihren Weg durch den überfüllten Speisesaal, und Hugo gelang es, eine Flasche Champagner zu besorgen.

»Keine schlechte Marke«, sagte er und füllte zuerst Dianas Glas und dann sein eigenes. »Besser als das übliche Zeug, das man bei solchen Anlässen vorgesetzt bekommt. Wer gibt heute abend die Party?«

»Eine Mrs. Schniber«, antwortete Diana. »Haken und Ösen – oder so etwas. Sie bilden sich etwas ein; Aufsteiger natürlich. Das ist die Tochter.«

Diana deutete auf ein recht attraktives junges Mädchen, das unter der Tür stand und sich suchend umblickte, als hoffe es, ein freundliches Gesicht oder eine anregende Tischgesellschaft zu finden.

»Sieht nicht übel aus«, antwortete Hugo. »Aber nicht mein Typ. Kennt sie irgend jemanden hier?«

Diana lachte.

»Ich glaube nicht. Die Einladungen wurden alle von Mary Carter verschickt – der Gesellschafts-Organisatorin. Sie nimmt alle goldenen Gänse unter ihre Fittiche, wenn sie nur golden genug sind. Wir verehren sie. Sie weiß genau, was für Partys uns gefallen, und deshalb kommen wir auch alle. Es spielt keine Rolle, wer bezahlt, sofern Mary die Partys organisiert.«

»Und was haben die Schnibers davon?« fragte Hugo.

»Nun, sie werden bekannt und haben die Befriedigung zu wissen, daß die richtigen Leute über ihre Türschwelle treten, nehme ich an«, sagte Diana. »Sie bekommen am nächsten Morgen die Rechnung, sofern Mary sie nicht im voraus bezahlen ließ, was ich für sehr wahrscheinlich halte.«

»Auf die Schnibers!«

Er hob sein Glas.

In diesem Augenblick zwängte sich ein kleiner Mann zwischen den vollbesetzten Tischen hindurch, und ein Blitzlicht hielt die Tatsache fest, daß es ihm gelungen war, ein zwangloses Foto von *der schönen Miß Diana Headley beim Essen mit Lord Dalk, dem bekannten sportlichen Peer* zu machen.

Die Stunden verstrichen langsam.

Champagnerflaschen leerten sich rasch, und in Lancashire sorgte die Nachtschicht dafür, daß sich die Räder der Maschinen in Schnibers Fabriken unermüdlich drehten.

In seiner makellosen weißen Hemdbrust und dem tadellos geschneiderten Abendanzug aus der Saville Row unterschied sich Mr. Schniber nicht von der Mehrzahl seiner Gäste.

Noch vor zehn Jahren hatte er zu dieser Abendstunde in einem schmierigen Overall vor einer seiner Maschinen gestanden, ihren Lärm in den Ohren, und seine Handgriffe hatten beständig ihren Lauf gesteuert.

Heute abend bewegte er sich dank dieser gleichen Maschinen unter Menschen, die niemals gearbeitet und nie die Notwendigkeit zu arbeiten gekannt hatten.

Er lauschte mit Respekt und Interesse ihren Ansichten über das Leben.

Er beneidete sie um ihre zarten Hände, ihr lässiges Benehmen und ihre Verachtung für ihn.

Er hatte fünfzig Jahre seines Lebens manueller Arbeit gewidmet. Er hatte gehungert, sich abgerackert, und hatte durch die bloße Kraft der Entschlossenheit etwas erreicht.

Haken und Ösen hatten ihn aus einer Mietwohnung

in ein Haus am Grosvenor Square gebracht; Haken und Ösen hatten die gutmütigen, schwerarbeitenden, biertrinkenden Gefährten seiner Jugend durch die nörglerische, hochnäsige Undankbarkeit des verwöhnten Mayfair ersetzt.

Mr. Schniber war dankbar, daß er Geld besaß und daß die Gesellschaft seine Gastfreundschaft annahm.

Er blickte zu seiner Frau hinüber, die im Ballsaal stand und mechanisch fremden Leuten die Hände schüttelte und ängstlich immer wieder dorthin sah, wo Mary Carter Hof hielt, um sich zu vergewissern, ob sie auch alles richtig machte.

Mrs. Schniber war wohlproportioniert. Ihr erstes Abendkleid, das sie vor vielen Jahren in der High Street in einem Vorort von Liverpool gekauft hatte, war aus zinnoberrotem Samt gewesen.

Sie hatte großartig darin ausgesehen, dachte Mr. Schniber, und seine ersten Ersparnisse waren in einen schweren goldenen Ring mit einem etwas zweifelhaften Diamanten gegangen. Heute abend trug Mrs. Schniber schwarzen Samt, den Mary Carter für sie ausgewählt hatte. Man hatte Mr. Schniber gesagt, daß sie dies tragen solle.

In ein paar Tagen würde er davon überzeugt sein, wenn er die Rechnung dafür erhielt, aber heute abend schien es ihm ein wenig trist und kaum der Fröhlichkeit der Veranstaltung angemessen.

Sogar die drei Reihen herrlicher Perlen, die auf Mrs. Schnibers Busen ruhten, und die Diamantohrringe trösteten ihn nicht über den Mangel an Farbe hinweg.

Aber daß der Abend Mutter und Ruth gefiel, war für ihn das wichtigste.

Und Ruth gefiel er – daran bestand für ihn kein

Zweifel. Er folgte seiner Tochter mit einem beifälligen Blick, als sie auf ihn zukam. Ihm gefiel ihr gelocktes Haar, das sich an ihre weiße Haut preßte. Ihr roter Mund schockierte ihn aber immer noch ein wenig.

In Lancashire hatte man darüber geredet, als die Fabrikmädchen sich während des Krieges und auch danach die Gesichter übertrieben anmalten.

Ruth schob ihre Hand unter den Arm ihres Vaters.

»Komm, laß uns etwas essen, Dad, Lieber«, sagte sie. »Ich habe schrecklichen Hunger.«

Mr. Schniber strahlte. Das war echt seine Tochter, daß sie sich für ihn zum Essen freihielt. Er wußte nicht, daß er rührend ausgesehen hatte, als er gedrungen und klein dastand, und daß Ruth einen blassen jungen Mann, dessen einziger Vorteil sein Oxfordakzent war, hatte fragen hören:

»Wer ist dieser unförmige, kleine Außenseiter dort unter der Tür? Ein Detektiv?«

Diana war in den Ballsaal hinaufgegangen, und nachdem ihre Verabredungen zum Tanz hoffnungslos durcheinander geraten waren, hatte sie die Dinge noch verschlimmert, indem sie ununterbrochen mit Hugo tanzte.

Der Ballsaal war jetzt weniger überfüllt, da die Gäste essen und trinken wollten. Hugo tanzte sehr gut, und Diana empfand es als eine Erleichterung, in seinen Armen dahinzugleiten, ohne Konversation zu machen oder zu denken.

Sie mochte Hugo, und sie war gern mit ihm zusammen. Er war ein angenehmer Partner.

Sie tanzten so lange, bis Diana zu ihrer eigenen Überraschung feststellte, daß es schon zwei Uhr vorbei war.

»Ich muß nach Hause«, sagte sie.

Sie ging die Treppe hinauf, holte ihr Hermelincape und betrachtete ihr Gesicht im Spiegel. Es war ein wenig gerötet, zeigte aber keine Anzeichen von Müdigkeit.

›Ich habe mich heute abend amüsiert‹, dachte sie. ›Und ich mag Hugo wirklich sehr.‹

Als sie die Treppe hinunterging, wartete er auf sie. Ihr Wagen war vorgefahren und sie brachen auf, ohne sich von den Schnibers zu verabschieden oder für das Fest zu bedanken.

Als Diana sich in die Polster ihres Rolls Royce lehnte, legte sie ihre Hand in Hugos Hand.

»Es war ein schöner Abend«, sagte sie. »Ich habe mich gut unterhalten.«

Gebieterisch zog er sie in seine Arme, und als ihr Kopf auf seiner Schulter lag, hob er ihr Kinn an und küßte sie. Es war nicht das erste Mal, daß Hugo sie küßte, aber heute abend schien es anders zu sein.

Er sagte sehr sanft:

»Wann werden wir heiraten, Diana?«

Sie saß still mit geschlossenen Augen da, in ihren Gedanken verloren, und hörte seine Frage kaum.

Etwas widersetzte sich in ihr gegen die lässige Selbstsicherheit, mit der er annahm, daß sie ihn heiraten würde. Es ärgerte sie, daß er annahm, sie wäre so leicht zu haben.

Sie kannte Hugo zu gut, um nicht zu wissen, daß er sich dessen wohl bewußt war, was für eine glänzende Partie er war, sowohl als Ehemann wie auch gesellschaftlich.

In diesem Augenblick zog sie sich ein wenig von ihm zurück, und Spott trat in ihre Augen, als sie neckisch antwortete:

»Das kommt so plötzlich, liebster Hugo.«

Hugo zog sie wieder an sich und küßte sie noch einmal, und es war ein ungestümer, heftiger Kuß, der sie ein wenig benommen machte.

Der Wagen hielt an.

»Adieu, Hugo«, sagte Diana und schob den Pelz zurück, als der Chauffeur die Wagentür öffnete.

»Du hast meine Frage noch nicht beantwortet«, sagte Hugo und hielt ihre Hand fest.

»Ich werde darüber nachdenken«, sagte sie und sah amüsiert Hugos überraschte Miene.

Sie entzog ihm ihre Hand und ging langsam die Stufen hinauf. Sie öffnete die Tür mit ihrem Hausschlüssel. Hugo folgte ihr, aber unter der Tür drehte sie sich um und sagte:

»Gute Nacht, Hugo.«

»Darf ich auf einen Drink hereinkommen?«

Sie schüttelte den Kopf.

»Ich bin heute zu müde. Ruf mich morgen früh an.«

Und ehe er noch etwas sagen konnte, war sie ins Haus geschlüpft und hatte die Tür hinter sich geschlossen, so daß er beim Wegfahren nicht ganz sicher war, wie er ihr Verhalten deuten sollte.

Es war nach zehn Uhr, als Diana am nächsten Morgen aufwachte. Sie hatte zwar viele Briefe bekommen, aber sie waren nicht sehr wichtig.

Sie lag auf ihren gestickten Kissen und blickte in den Sonnenschein, der durch die dünnen Vorhänge hereinflutete und die goldenen und gläsernen Verzierungen an ihrem Toilettentisch blitzen und tanzen ließ.

»Hugo hat mir heute nacht einen Heiratsantrag gemacht«, sagte sie sich. »Und doch bin ich darüber erstaunlich wenig erregt.«

Für Diana war es selbstverständlich, daß alle Männer, die sie kennenlernte, sie auf die gleiche Weise verehrten.

Sie wurden ihr vorgestellt, sie luden sie zum Mittagessen ein, zum Abendessen, zum Tanz, und dann, nach etwa einer Woche, machten sie ihr einen Heiratsantrag mit einem erstaunlichen Mangel an Originalität und für Diana nicht überraschend.

Sie hatte gewußt, daß Hugo sie fragen würde, aber an diesem Morgen dachte sie, er hätte es geistvoller tun können.

Es war absurd, daß sie so wenig empfand und ihr alle Männer die gleiche, spannungslose Zuneigung einflößten, so daß sie lieber mit ihnen befreundet als verheiratet sein wollte.

Bei Hugo hatte sie jedoch zunächst das Gefühl gehabt, hier sei endlich jemand, bei dem es nicht nur vernünftig, sondern auch angemessen war, ihn zu heiraten.

Sie hatte ihn von Anfang an gemocht. Sein Ruf als Schwerenöter hatte sie fasziniert, aber jetzt war er wie alle anderen ein Bewunderer mit ernsten Absichten geworden, dem sie mit ›Ja‹ oder mit ›Nein‹ antworten mußte.

Ihr war nicht wohl zumute. Es war so, als hätte sie ein Abenteuer erwartet und statt dessen etwas Eintöniges und Stereotypes erlebt.

›Also schön‹, dachte sie, ›ich werde ihm eine Zeitlang nicht antworten. Andererseits frage ich mich, ob es etwas einbringt, wenn ich die Antwort hinauszögere. Ist es wahrscheinlich, daß ich einen anderen finde, der mich mehr amüsiert?‹

Sie kannte die Antwort auf die Frage. Träge betrachtete sie den Sonnenschein und döste vor sich hin.

Sie war sehr schön, aber ihr entspanntes Gesicht war dadurch beeinträchtigt, daß sich Enttäuschung in ihm spiegelte.

Diana war fast fünfundzwanzig Jahre alt, und seit sieben Jahren hatte sie die Früchte genossen, die Geld und Mayfair ihr bieten konnten. Nun stellte sie fest, daß es nicht mehr nach ihrem Geschmack war.

Menschen wie Dinge wurden sehr alltäglich, sobald man sie kannte. Ihr fehlte etwas, und doch war sie nicht sicher, was es war.

Sie wünschte mehr, und doch wußte sie nicht wie sie es finden sollte.

Wie alle einsamen Kinder hatte sie die Welt mit ihren eigenen Ideen und Fantasien bevölkert.

Ihre Mutter war gestorben, als sie zehn Jahre alt war. Sie war immer zierlich gewesen, und die Geburt zweier Kinder hatte ihre Konstitution so geschwächt, daß sie dahinwelkte. Sie bedeutete ihren Kindern wenig und ihrem vielbeschäftigten Gatten noch weniger.

Diana hatte einen Bruder namens Jimmy, der vier Jahre jünger war als sie.

Als Kind hatte sie ihn selten gesehen, und jetzt, da er erwachsen war, sah sie ihn noch weniger.

Sein Schulbesuch hatte ihn von ihr getrennt, und die Ferien hatte er gewöhnlich im Ausland mit einem Tutor verbracht, denn Sir Robert wünschte, daß sein Sohn Fremdsprachen lernte, ein Privileg, das ihm selbst vorenthalten geblieben war.

Diana wuchs von einem hübschen, selbstbewußten Kind zu einem schönen jungen Mädchen heran. Sie hatte die Gesichtszüge ihrer Mutter geerbt, mit einem wesentlichen Merkmal, das ihren Vater charakterisierte.

Sie besaß seine lebhaften, aufmerksamen Augen mit den dunklen Wimpern unter dunklen Augenbrauen, die auf irische Ahnen hindeuteten.

Ihr Haar, das in ihrer Kindheit die Farbe von reifem Korn gehabt hatte, verwandelte sich mit den Jahren in ein goldenes Rotbraun und lockte sich vor ihrer hellen Haut.

Sir Robert Headley hatte Mortons gekauft – einen alten Herrensitz ungefähr eine Stunde von London entfernt.

Ursprünglich war es ein Tudorhaus gewesen, aber jede nachfolgende Generation hatte es erweitert, bis es modernen Komfort mit alter Atmosphäre und einem Charme verband, den ein einzelner Architekt nicht hätte erreichen können.

Dort lebte Diana mit ihren Pferden und Hunden, die sie wesentlich mehr liebte als ihre vielen sogenannten Freunde und Bekannten.

Jimmy hatte ein College besucht, aber Diana war in Mortons vollkommen glücklich gewesen.

Sie hatte eine Gouvernante gehabt und war gelegentlich nach London gefahren, um besondere Unterrichtsstunden zu nehmen. Aber ihr eigentlicher Lehrmeister war die riesige Bibliothek gewesen, die die ganze Länge eines Flügels des Hauses einnahm und die vom vorherigen Besitzer zusammengetragen worden war.

Sir Robert hatte Mortons so wie es war von einem berühmten Staatsmann gekauft, der hier die letzten dreißig Jahre seines Lebens verbracht hatte.

Seine Bibliothek hatte er nicht nur mit Klassikern gefüllt, sondern mit Büchern aller Interessensgebiete, darunter auch mit einigen leichten Romanen, die er für besonders gut hielt.

Nach seinem Tod war Sir Robert in das Haus gezogen, ohne auch nur das Löschpapier auf dem Schreibtisch auszuwechseln, und als Diana herangewachsen war, hatte sie der Inhalt der Bibliothek immer mehr gefesselt.

Mit siebzehn Jahren hatte Diana ihren Vater davon überzeugen können, daß sie keine Gouvernante mehr benötigte.

Sir Robert war zu beschäftigt gewesen, um mit Diana über diesen Punkt zu diskutieren, und er war nur zu erfreut gewesen, als er feststellte, daß seine Tochter für ihn in seinem Londoner Haus und bei den Wochenendgesellschaften in Mortons, die immer in seinem geschäftlichen Interesse lagen, die Gastgeberin zu spielen bereit war.

Die Frau eines seiner Freunde, die selbst eine bekannte Londoner Gastgeberin war, hatte für Diana einen Einführungsball gegeben. Da sie Sir Robert mochte, war es nicht ausschließlich Nächstenliebe gewesen, daß sie seiner Tochter diesen Gefallen erwies.

Sie hatte Diana an einem Wochenende in Mortons kennengelernt und sofort die Möglichkeiten des Mädchens erkannt.

Für vierzehn Tage war sie mit Diana nach Paris gereist, hatte sie dort eingekleidet und ihr Haar von einem Experten schneiden und frisieren lassen.

Diana hatte England als hübsches Schulmädchen verlassen und war als Schönheit zurückgekehrt.

Von dem Augenblick an, in dem sie in die Londoner Gesellschaft eingeführt worden war, hatte die Regenbogenpresse sie bejubelt und sie zur interessantesten Debütantin des Jahres erklärt.

»Da ist eine Schönheit, über die zu reden sich lohnt«, sagten sie, und sie redeten.

Mit dem Ergebnis, daß Diana so bekannt wurde wie eine erstklassige Schauspielerin oder eine professionelle Schönheit der Ära Edwards.

Bilder von ihr im Garten, in ihrem Salon, in ihrem Sportwagen, auf ihrem Pferd wurden Woche um Woche der bewundernden Öffentlichkeit gezeigt.

Ein Schnappschuß von ihr auf einer eleganten Party oder einer Premiere war für die Fotografen immer zehn Shilling und ein Sixpencestück wert und ein neues Porträt von ihr drei Guineas für das Atelier.

Es war nicht verwunderlich, daß ihre Post jeden Morgen aus Einladungen zu Fototerminen bestand und ihr Telefon endlos läutete und sie um Interviews gebeten wurde oder um ihre Meinung darüber, was sie von solchen Dingen wie Gymnastik halte, von der wiederkehrenden Mode des engen Rocks oder von ihren Erlebnissen in einem Drehflügelflugzeug.

Als Diana an diesem Morgen im Sonnenschein in ihrem Bett im Haus der Park Lane lag, dachte sie an Mortons.

Ihr wurde bewußt, wie lange sie nicht mehr dort allein gewesen war.

Viele Wochenenden hatte sie in Mortons mit amüsanten, fröhlichen, lärmenden Bekannten verbracht und ihre Lieblingsspaziergänge in Gesellschaft anderer Menschen gemacht.

Sie waren im See geschwommen, auf dem Fluß Boot gefahren, über die grasigen Reitwege geritten, aber immer war sie begleitet gewesen von Menschen, die ihr im Augenblick am meisten zusagten.

»Ich fahre heute nach Mortons«, beschloß sie. »Allein!«

Als sie daran dachte, läutete das Telefon.

Zweites Kapitel

Diana fuhr an diesem Tag nicht nach Mortons. Statt dessen blieb sie in London und speiste am Abend mit Lord Dalk.

Er holte sie in der Park Lane ab, und sie fuhren beinahe schweigend zum ›Embassy Club‹.

Als sie das Essen bestellt hatten, saßen sie auf einem der feuerfarbenen Sofas und beobachteten die Menschen, die durch die verzierten Glastüren hereinkamen. Da sie einander wenig zu sagen hatten, herrschte zwischen ihnen eine etwas angespannte Atmosphäre.

Schließlich brach Hugo das Schweigen.

»Ich liebe dich, Diana.«

Als er sprach, fiel ihr auf, wie außergewöhnlich anziehend er war, aber sie sah auch, daß sein Erfolg auf eine Faszination zurückzuführen war, die ausschließlich physisch war und die auf die meisten Frauen unwiderstehlich wirkte.

Er sah sehr gut aus, war kräftig und breitschultrig, und wenn er vom guten Leben und dem Luxus ein wenig zu schwer geworden war, so hatte er sich trotzdem fit gehalten.

Diana wurde sich bewußt, daß sie Hugo an diesem Abend so kritisch betrachtete wie noch nie zuvor.

Sie mochte Menschen oder mochte sie nicht, ohne sich selbst ihre Vorlieben logisch zu erklären. Sie ließ lediglich den Zufall und ihre Gefühle entscheiden.

Sie war sich jedoch bewußt, daß Hugo in ihr eine gewisse physische Reaktion auf seine Anziehungskraft geweckt hatte, und daß er, wenn sie es nicht zu ernst nahm, sie weiterhin anziehen konnte.

Zufrieden damit, wie leicht die meisten Frauen seinem Charme erlagen und ihm nur zu gefällig waren, schreckte Hugo Dianas Kühle nicht im geringsten ab, im Gegenteil, sie regte ihn zu weiteren Bemühungen an.

Je zurückhaltender sie war, um so mehr verlangte er nach ihr, bis ihm bewußt wurde, daß er sich tatsächlich ernsthaft in sie verliebt hatte.

Hugo, der es gewöhnt war, daß die Frauen an seinen Lippen hingen, über seine Scherze lachten und ihm fasziniert zuhörten, war mißgestimmt und gleichzeitig verwirrt gewesen.

Er hatte Diana zum Essen eingeladen und in das ruhigste Restaurant geführt, das er kannte. Diana war charmant und unterhaltend gewesen, aber trotzdem hatte Hugo das Gefühl gehabt, daß er nicht weiterkam.

Dann hatte Diana ihn zu einer Wochenendparty nach Mortons eingeladen. Er war hingefahren und sie hatte ihm in ihrer eigenen Umgebung noch besser gefallen.

Das Wetter war sommerlich warm gewesen. Die Männer waren nach dem Essen mit ihren Zigarren auf die Terrasse gekommen, wo die Frauen in ihren hellen Kleidern auf sie warteten.

Und geschickt – denn wer war ein besserer Taktiker in solchen Dingen als er? – hatte Hugo Diana von den anderen weggeführt.

Sie waren die Terrasse hinab und über den weichen Rasen zum Rosengarten gegangen.

Die Luft war mit dem Duft der riesigen Levkojenblüten angefüllt gewesen, und ein blasser Mond hatte die Schatten der Bäume auf den Weg vor ihnen geworfen.

Neben dem Lilienteich waren sie schweigend stehengeblieben. Ein schwacher Wind hatte die Blätter bewegt und eine Eule heulte weit von ihnen entfernt am Flußufer.

Sie schienen meilenweit von jeder Zivilisation entfernt zu sein.

Ohne ein Wort zu sagen, hatte Hugo Dianas Hand genommen und sie an seine Lippen gehoben, und dann hatte er sie sehr sanft in die Arme genommen, und zu seiner eigenen Überraschung hatte ihn bei ihrer Berührung ein Schauer durchlaufen.

Die Nacht und Diana hatten einen Zauber an sich gehabt, den er seit vielen Jahren nicht mehr erlebt hatte. Diana hatte sich von ihm küssen lassen, aber sie hatte seinen Kuß nicht erwidert, und dann waren sie immer noch schweigend zu den anderen zurückgegangen.

Die Gäste waren ins Haus zurückgekehrt, das Radio hatte gespielt und man hatte getanzt. Im hellen Licht des Raumes hatte Hugo Diana angesehen.

Ihr Gesicht hatte keinerlei Gefühl ausgedrückt. Er hatte sich nicht einmal einbilden können, daß ihre Augen mehr strahlten als sonst.

Er war zuerst erstaunt darüber gewesen, doch dann war in ihm der Jagdinstinkt geweckt worden. Daß dieses junge Mädchen so wenig für ihn empfand, war nicht nur ungewöhnlich, es war überwältigend!

Begierig hatte er sie zum Tanz aufgefordert. Er hatte sie fest an sich gepreßt, und nun wäre es an ihr gewesen, ein wenig verlegen auszusehen oder ihn flirtend anzulächeln – denn teilten sie nicht miteinander ein Geheimnis?

Statt dessen war Dianas Konversation so unbeschwert und freimütig gewesen, als wären sie direkt vom Eßtisch hierhergekommen. Von diesem Augenblick an hatte Hugo sich in sie verliebt.

Und heute abend im ›Embassy‹ fand Hugo, daß er sie noch nie schöner gesehen hatte.

Sie trug Weiß und ein Silberfuchscape mit russischen Hermelinschwänzen.

Ihr einziger Schmuck waren zwei riesige Diamantschnallen an der Vorderseite ihres Kleides, während sie an der Schulter nur eine einzige Orchidee von dem großen Zweig trug, den Hugo ihr vor dem Essen geschickt hatte.

»Ich liebe dich, Diana.«

Diana sah ihn lächelnd an.

»Danke, Hugo.«

»Ich habe dich gestern abend etwas gefragt. Bekomme ich heute abend meine Antwort?«

Diana lächelte wieder.

»Deine Frage von gestern abend hätte mit ›Werden wir‹ anstatt mit ›Wann‹ beginnen sollen«, sagte sie.

»Müssen wir so formell sein?«

Diana nickte.

»Natürlich«, sagte sie. »Du kannst von mir nicht erwarten, daß ich auf den ganzen Spaß verzichte.«

In ihrem Tonfall lag etwas, das Hugo übermäßig verstimmte.

»Ich finde, du solltest nicht darüber scherzen.«

Hugo besaß genügend Humor, um über seine eigenen Worte zu lachen, ehe Diana ihn zu necken begann.

»Wirklich, Hugo, du wirst neuerdings unglaublich viktorianisch. Ich bin sicher, wenn ich dich heirate, erlaubst du mir weder, mich zu schminken, noch etwas ohne deine Erlaubnis zu tun.«

»Aber – im Ernst, Diana.«

Sie schüttelte den Kopf.

»Ich will nicht ernst sein. Ich war den ganzen Tag ernst. Ich habe es satt. Sprechen wir über etwas anderes.«

Diana wollte Zeit gewinnen. Sie wollte ihm keine eindeutige Antwort geben, auf jeden Fall nicht an diesem Abend.

Rasch blickte sie sich im Restaurant um und suchte nach einem Gesprächsthema.

Es waren die üblichen unbeschwerten jungen Frauen da mit ihren smarten Begleitern, gelegentlich auch in Gesellschaft ihrer Ehegatten, die dann den deplacierten Dritten in der Runde abgaben.

Eine Gruppe Ex-Debütantinnen kicherte miteinander oder lächelte befangen in den Spiegel.

Ein Angehöriger des Königshauses war anwesend und wurde von einer attraktiven Dame zweifelhafter Herkunft, aber unbezweifelbarem Charme unterhalten.

Drei junge Männer, deren Namen in Debretts Adelskalender standen, waren in Begleitung von drei platinblonden Amerikanerinnen da, die feststellten, daß auf dieser Seite des Atlantiks das Kaugummikauen als eine faszinierende Attraktion galt.

Am Tisch daneben entdeckte Diana eine alte Freundin, Loelia Standish, die allein mit ihrem Mann speiste.

Diana entschuldigte sich rasch bei Hugo und ging zu ihnen hinüber.

»Loelia, Liebste«, rief sie. »Ich hatte keine Ahnung, daß ihr in London seid!«

»Wir sind heute abend angekommen.«

Loelia Standish war ungefähr fünfunddreißig Jahre alt und eine der wenigen Frauen, für die Diana aufrichtige Bewunderung und Zuneigung empfand.

Sie hatte Loelia vor mehreren Jahren bei einer Wochenendparty kennengelernt, die sich als einmalig langweilig herausgestellt hatte. Während der paar Tage dort hatten sie sich angefreundet, und Diana war in ihr Landhaus in Worcestershire eingeladen worden.

Dort hatte sich der erste Eindruck als richtig herausgestellt, daß Loelia Standish die einzige Frau war, die Diana wirklich zur Freundin haben wollte.

Loelia hatte mit ihrem ersten Mann ein trauriges Leben geführt. Sie hatte sich von ihm scheiden lassen und Jack Standish geheiratet, den sie verehrte und der sie verehrte.

Sie waren so glücklich miteinander, daß keiner von beiden auf weitere Gesellschaft aus war, aber Loelia mochte Diana und hatte ihr möglichstes getan, um ihr den Aufenthalt so erfreulich wie möglich zu gestalten, denn sie hatte ein wenig von der verborgenen Einsamkeit eines Lebens gespürt, das der Außenwelt so reich und beneidenswert zu sein schien.

»Ich wollte dich morgen früh anrufen«, sagte Loelia jetzt. »Wir sind erst seit zwei Stunden hier, und wir bleiben bis Montag, weil Jack bei Tattersall ein Pferd kaufen möchte. Mit wem bist du hier? Setzt euch doch zu uns.«

Die Einladung war genau das, was Diana gewünscht hatte, und zu Hugos Verdruß fand er sich am Tisch der Standishs wieder.

Als der Abend fortschritt, fand er, daß die Standishs ganz nette, aber ziemlich langweilige Leute waren. Er hatte Jack Standish bei einer Jagd kennengelernt. Mrs. Standish war nicht sein Typ, und er gab sich keine besondere Mühe, ihr zu gefallen.

Er wäre überrascht gewesen, wenn er gehört hätte,

wie genau und treffend Loelia ihn später vor ihrem Mann charakterisierte.

Hugo wurde noch mißgelaunter, als er hörte, daß Diana mit den Standishs verabredete, in der nächsten Woche bei ihnen zu Gast zu sein, zumal Diana sich bei ihnen mehr oder weniger selbst einlud.

»Ich weiß nicht, ob es dir dieses Mal bei uns gefallen wird«, sagte Loelia. »Ich fürchte, es wird nicht sehr amüsant, dann Barry Dunbar kommt, und er haßt Menschenansammlungen. Aber Jack und ich mögen ihn sehr. Er ist einer der brillantesten Männer, die wir kennen, aber ich fürchte, du wirst feststellen, daß er keinerlei Konversation treibt.«

»Barry ist einer der geistreichsten Männer im heutigen Europa. Das ist natürlich meine persönliche Meinung, aber zufällig ist es auch die Meinung sehr vieler anderer Menschen«, sagte Jack Standish.

»Ich glaube, ich habe schon von ihm gehört«, sagte Diana. »Hat er nicht etwas mit dem Fernen Osten zu tun?«

»Ganz recht«, stimmte Loelia zu. »Er hat ganz Indien und China bereist und einige herrliche alte Schriften nach Europa gebracht, die noch nie übersetzt worden sind. Die Schriften sind unbezahlbar. Barry sagt, sie seien nicht nur für Gelehrte und die Forschung wertvoll, sondern sie könnten wegen ihrer Philosophie für jedermann heutzutage hilfreich sein, wenn sie jemand liest.«

»Die wenigen, die sich die Zeit für philosophische Studien nehmen«, sagte Hugo.

»Das ist um so bedauerlicher«, sagte Loelia. »Deshalb sind so viele Menschen auch so unglücklich. Jeder Mensch, der in Schwierigkeiten ist, braucht eine Philosophie, die ihm weiterhilft.«

»Ich würde Mr. Dunbar gern kennenlernen«, sagte Diana. »Was du über ihn erzählst, hört sich interessant an.«

Loelias Blick traf einen Moment den ihres Gatten, und sie hatten beide den gleichen Gedanken:

»Was wird Barry von Diana halten?«

Das Haus der Standishs in Malvern, Worcestershire, war seit vielen Generationen in der Familie.

Es hatte mit dem Wandel der Jahre viele Veränderungen durchgemacht, aber der Stil aus der Zeit Georgs V. herrschte vor mit Bogenfenstern und großen, wohlproportionierten Räumen, von denen man in einen schönen Park hinaussah.

Es war als ›Huntsman's House‹ bekannt und hatte seinen Namen von jenem Standish erhalten, der es ungefähr in der Mitte des 18. Jahrhunderts hatte bauen lassen.

Die Standishs hatten oft Gäste, aber sie waren klug genug, nicht Leute zusammenzubringen, die keine gemeinsamen Interessen hatten.

Wenn Jack seine intellektuelleren Freunde zu Gast hatte, wurden die Fuchsjagdherren der Gegend und ihre Damen nicht in das Huntsman's House eingeladen.

Der Besitz umfaßte ein großes Stück Land, zu dem ein See und viel Wald gehörten, und er erstreckte sich bis zum fernen Ende der Kette der Malvern Hills.

Dort, hoch über dem umliegenden Land, stand die Ruine der alten Burg.

Als Jack Standish das Besitztum geerbt hatte, war die Burg kaum von irgendeiner anderen Ruine zu unterscheiden gewesen. Sie hieß ›Standish Castle‹, und dies nur deswegen, weil sie auf dem Besitztum stand.

Was immer auch ihr Ursprung gewesen sein mochte, die Zeit hatte von den hohen grauen Steinmauern, die jetzt von Efeu zugewachsen waren, ihren Tribut gefordert. Nur ein kleiner Turm hatte den Jahren und dem Wetter getrotzt und war das Bollwerk geblieben, als das es ursprünglich gedacht gewesen war.

Jack hatte sich damit vergnügt, die Mauern des Turmes zu erneuern und schließlich die beiden Räume möbliert, die dadurch bewohnbar geworden waren. Er hatte daraus ein besonderes Heiligtum für sich gemacht.

»Wenn du mich ernstlich ärgerst, kann ich dort allein leben«, hatte er zu Loelia gesagt.

Sie hatte über seine Drohung gelacht, denn keiner von beiden konnte sich vorstellen, daß so etwas jemals geschehen würde.

Und so blieb die Burg ganz speziellen Freunden vorbehalten, die manchmal darum baten, sie benutzen zu dürfen und die dort nicht nur die Einsamkeit genossen, sondern auch einen der schönsten Ausblicke der Midlands.

Von den Fenstern der Burg aus konnte man weit über das Land sehen, wo der Fluß Severn sich in silbernen Kurven durch die Gegend schlängelte bis dorthin, wo er bei Tewkesbury in den Avon mündete und weiterfloß zum schönen Vale of Evesham und den Cotswold Hills.

Nachts wirkten die Lichter der Städte wie eine Spiegelung der Sterne darüber.

Jack Standish würde niemals ausgelassene Partys in der Burg dulden. Diana und die jungen Leute, die das Haus besuchten, baten oft darum, eine Mitternachtsparty oder ein Geisteressen in der Ruine veranstalten zu dürfen. Aber Jack hatte es immer untersagt.

»In der Burg herrscht eine so außergewöhnliche Atmosphäre des Friedens«, sagte er. »Loelia und ich haben sie so vorgefunden und möchten nichts davon zerstören.

Ich habe in den letzten Jahren die Burg einige Male Leuten überlassen, die unglücklich und krank waren, aber alle schienen von ihrem Aufenthalt dort Nutzen gezogen zu haben.

Ich möchte nicht, daß eure sogenannte Zivilisation mit ihrem Lärm und Getöse und mit den Radios den fast mittelalterlichen Frieden stört.«

»Mit anderen Worten«, hatte Diana lachend gesagt, »du findest nicht, daß wir sehr zivilisiert sind.«

»Nicht sehr«, hatte Jack erwidert.

Es war ein schöner Sommertag, als Diana mit ihrem Auto zu den Standishs fuhr.

Ihr Rolls bewegte sich sanft und augenscheinlich mühelos durch Oxford und über die breiten Straßen, die sie zum Gipfel des Broadway Hill führten, ehe sie in das Vale of Evesham gelangte.

Sie lehnte sich entspannt zurück, aber bemerkte nichts von dem Sonenschein und den Schönheiten des Landes, durch das sie fuhr. Sie dachte an Hugo und fragte sich, was für eine Entscheidung sie schließlich treffen würde.

Hugo war verärgert gewesen, weil sie an diesem Wochenende wegfuhr, und doch hatten seine Einwände sie irgendwie eher angetrieben, nicht nur, weil sie seiner Gesellschaft entkam, sondern auch, weil sie spürte, daß sie jetzt die Nähe von Loelia und Jack brauchte.

Sie fand, daß sie von allen ihren Freunden die angenehmsten und ausgeglichensten waren, und irgendwie wollte sie jetzt, da sie vor einer grundlegenden Entscheidung stand, mit ihnen zusammen sein.

Sie fragte sich, ob sie mit Loelia über ihre Probleme sprechen könnte. Sie hatte das unbehagliche Gefühl, daß Loelia Hugo als Gatten mißbilligen würde.

Warum Loelia dieser Ansicht sein könnte, konnte Diana nicht sagen, und doch war sie sicher, daß ihr Gefühl sie nicht trog.

»Ich weiß nicht, was ich tun soll«, sagte sie sich immer wieder.

Und doch glaubte sie, daß sie nach ihrer Rückkehr Hugos ständigem Drängen nachgeben und ihrer Verlobung mit ihm zustimmen würde.

Seit dem Abend, an dem sie im ›Embassy Club‹ gewesen waren, hatte er sie um ihre Antwort gebeten – nicht, als ob Hugos Bitten bescheiden gewesen wären, es waren eher Forderungen, und Diana fiel es immer schwerer, gleichgültig zu bleiben.

Jeden Morgen hatte er ihr Blumen geschickt und sie angerufen, klug genug, am Telefon unbeschwert mit ihr zu flirten und sie doch beharrlich zu verfolgen.

Am Abend zuvor hatte sie mit ihm diniert, und sie hatten vorgehabt, danach in ein Kino zu gehen.

Sie hatten im ›Aperitif Grill‹ gegessen, einem neu eröffneten, intimen, kleinen Restaurant in der Jermyn Street.

Hugo hatte ein ausgezeichnetes und ungewöhnliches Essen bestellt und sich dann so große Mühe gegeben, ihr Interesse zu wecken, daß Diana nicht bemerkt hatte, wie rasch die Zeit verstrich, bis es für das Kino zu spät war.

Hugo hatte perfekte Manieren, dachte sie, nicht nur gegenüber seinen Freunden, sondern gegenüber jedermann, mit dem er in Verbindung kam.

Und doch war da etwas, das sie zögern ließ, etwas an ihm, das sie ein wenig unsicher machte.

Vielleicht war es eine zu große Verfeinerung, ein zu perfektes Verhalten, so daß man sich fragte, was unter einer so glatten Oberfläche verborgen war. Wo war der echte Hugo, und wer war er unter der zivilisierten Politur?

Es gab etwas, das Diana nachdenklich stimmte, etwas, das sie davon abhielt, sich ihm in die Arme zu werfen und seinen Heiratsantrag ohne Bedenken anzunehmen.

»Was ist es nur?« fragte sich Diana und konnte keine Antwort finden.

Vor sich sah sie jetzt die Malvern Hills und achtete zum erstenmal auf ihre Umgebung. Die Hügel standen scharf und kahl vor dem hellen Nachmittagshimmel, und der Sonnenschein entblößte ihre baumlosen Hänge, die im Herbst golden leuchten würden vom Farnkraut.

Diana bog von der direkten Straße nach Malvern ab und fuhr auf den Süden der Hügel zu, wo hoch gegen den Himmel das Standish Castle und der dichte grüne Wald, der das Huntsman's House von der Hauptstraße trennte, zu sehen waren.

Sie fuhr die große Ulmenallee hinauf und blieb vor dem überdachten Portal stehen.

Mehrere Hunde begrüßten sie bellend und kamen auf sie zugerannt, als sie aus dem Wagen stieg. Eine freudig strahlende Loelia eilte von den Blumenbeeten her auf sie zu.

Beim Anblick ihrer Freundin war Diana plötzlich überwältigend glücklich, daß sie London verlassen hatte.

›Hugo muß warten‹, dachte sie. ›Ich kann mich noch nicht entscheiden.‹

Sie lief auf Loelia zu und küßte sie liebevoll.

Drittes Kapitel

»Wir sind heute eine sehr kleine Gesellschaft, Liebste«, sagte Loelia später, als sie Diana in ihr Zimmer geführt hatte.

Es war ein großer Raum, der mit magnolienfarbenem Chintz dekoriert war und dessen Fenster auf den Rosengarten hinaussahen. In der Ferne erhaschte Diana einen Blick auf den See.

»Gott sei Dank«, sagte Diana. »Ich bin ganz erledigt. Diese Woche kam ich nie vor drei Uhr nachts ins Bett. Sag mir, wer ist da?«

»Nun, Barry Dunbar, von dem ich dir schon erzählt habe«, erwiderte Loelia. »Er ist Jacks bester Freund, wie du weißt. Und dann haben wir noch Colonel Stanmore und seine Frau zu Gast. Sie sind schon älter, aber ganz reizende Leute. Sie brechen nächste Woche nach Khartum auf. Zusammen sind wir sechs. Ich hoffe, daß du dich nicht langweilen wirst, liebste Diana.«

Loelia sah Diana an, während sie sprach, und dachte, wie außergewöhnlich hübsch sie war, als sie am Fenster stand und das Sonnenlicht auf ihrem goldbraunen Haar spielte.

Dianas Teint war sehr weiß und klar trotz der langen Nächte, die ihre einzige Spur offenbar in kleinen blauen Schatten unter den Augen hinterlassen hatten, die ihre Schönheit eher noch betonten als beeinträchtigten.

Sie sah sehr schlank aus in ihrem blaßgrünen Kleid mit einem Anflug von Purpurrot an der Taille, das wie ein Echo auf ihren scharlachroten Mund und ihre rosaroten Fingernägel wirkte.

›Sie ist außergewöhnlich hübsch‹, dachte Loelia. ›Wie schade, daß sie ein so zielloses Leben führt.‹

Loelia selbst hatte mit achtzehn Jahren einen Mann geheiratet, der fünfunddreißig Jahre älter gewesen war als sie. Er war sehr reich gewesen, und man hatte darin eine gute Verbindung für die Tochter eines erfolglosen Anwalts gesehen.

Ihr Gatte hatte sein Geld geerbt gehabt, und das bißchen Verstand, daß er besessen hatte, war durch seine Gewohnheit nicht verbessert worden, zu jeder Tages- und Nachtzeit zu trinken.

Während der Jahre, in denen sie mit ihm verheiratet gewesen war, hatte ihn Loelia niemals volltrunken gesehen, aber sie hatte ihn auch niemals nüchtern erlebt.

Sie hatte nach einer überstürzten Werbung von nur drei Wochen geheiratet, einer Werbung, die ihr Vater gebilligt und gefördert hatte. Er hatte ihr Malcolm Fenton während der Zeit, in der er ihn in einem kleinen Prozeß beriet, zu Hause vorgestellt.

Loelia war von Malcolm Fentons Aufmerksamkeiten geschmeichelt gewesen, und wenn sie irgendwelche Einwände gehabt hätte, so wären diese von ihrem Vater und ihrer Tante weggewischt worden, die ihr beide versichert hatten, wie glücklich sie über diese Verbindung doch sein konnte.

Da sie immer ein verhältnismäßig beschütztes, ereignisloses Leben geführt hatte, waren ihre einzigen männlichen Bekannten ihr Vater, zwei oder drei Onkel und der ansässige Geistliche gewesen, und deshalb war es kein Wunder, daß sie nicht bemerkt hatte, wie völlig ungeeignet Malcolm Fenton für sie als Gatte gewesen war.

Ja es hatte sogar nach ihrer Hochzeit noch mehrere Wochen gedauert, bis Loelia feststellte, daß er mehr trank, als er sollte.

Die darauf folgenden zehn Jahre waren dadurch zu einem Alptraum geworden, daß ihr Gatte den Alkoholkonsum immer weiter gesteigert hatte, um sich in einen behaglichen Zustand der Geistesabwesenheit zu versetzen.

Als seine Konstitution gegen eine solche Behandlung rebellierte, ließ er den Zorn über seine lästigen Verdauungsstörungen an seiner Frau aus.

Er war weder brutal noch eigentlich grausam zu ihr gewesen, aber für sie wurde das Leben zu einer ausgedehnten Marter.

Malcolm Fenton hatte an allem herumgenörgelt. Nichts war ihm recht gewesen, bis alle Dienstboten gekündigt hatten, mit Ausnahme seiner Frau.

Tagein, tagaus hatte sie ihm nichts recht machen können. Das Essen war entweder schlecht gekocht oder es war nicht das, was er sich vorgestellt hatte. Wenn Loelia ausgegangen war, hatte sie ihn seiner Meinung nach vernachlässigt, blieb sie zu Hause, war sie ihm auf die Nerven gegangen.

Als Loelia achtundzwanzig Jahre alt war, hatte sie den Eindruck gehabt, als wäre ihr ganzes Leben schon vergangen und sie hätte nichts erlebt als betäubendes Elend.

Und dann, als sie geglaubt hatte, ihre Nerven würen nicht länger mitmachen und sie apathisch geworden war und es aufgab, auf eine andere Zukunft zu hoffen, hatte sie zufällig Jack Standish kennengelernt.

Er war in ihr Haus gekommen und hatte um etwas Benzin gebeten. Dabei hatte er sich nach dem Weg zum

Haus eines Nachbarn erkundigt, der ihn für einige Tage eingeladen hatte.

Jack war gerade mit seinem Freund Dunbar aus dem Fernen Osten zurückgekehrt. Als er groß, schlank und sonnengebräunt das Haus betrat, schien er Loelia der attraktivste Mann zu sein, den sie je gesehen hatte.

Das Benzin wurde aus der Garage geholt, und sie tauschten einige Gemeinsätze aus, und doch reichten diese wenigen Augenblicke aus, um ihrer beider Leben zu verändern.

Jack Standish hatte sein Regiment verlassen und war nach Hause zurückgekehrt, um den Besitz seines Vaters zu verwalten, nachdem er ein Jahr lang den Fernen Osten bereist hatte.

Eigentlich hatte er nach sechs Monaten zurückkehren wollen. Er hatte niemals vorgehabt zu heiraten, außer während der Zeit seiner ersten Liebe, als er sich in eine Schauspielerin verliebt hatte, die seine Mutter hätte sein können.

Aber als Loelia mit ihren traurigen Augen, unelegant und nicht besonders hübsch, vor ihm stand, verliebte er sich augenblicklich auf überwältigende Weise in sie, und sie sich in ihn.

Jack Standish bemühte sich unermüdlich, mit Loelia allein zu sein. Er arrangierte alles, mißachtete ihre Ausflüchte und zwang sie auf eine Art und Weise, seinen Plänen zuzustimmen, die sie atemlos machte.

Schließlich – fast noch ehe sie voneinander die Vornamen kannten, wie sie später sagte – sprach er mit ihrem Mann. Ein paar Stunden später nahm er sie in seinem Wagen mit.

Wie zum Ausgleich für die Jahre, die in Trübsal vergangen waren, wurde ihr Leben mit Jack vollkommen und glücklich.

Sie waren ein Jahr lang auf Reisen, während die Scheidung lief, und als sie nach England zurückkehrten, kümmerten sie sich wenig darum, ob es den Leuten recht war oder nicht, wenn sie nur zusammensein konnten.

Im Jahr darauf starb Jacks Vater, und sie bezogen das Huntsman's House. Ein Jahr später wurde ihnen der Sohn und Erbe geboren, den sie abgöttisch liebten.

Loelia sprach niemals über ihre Vergangenheit, aber sie fand, daß es ihre Pflicht im Leben war, anderen Menschen zum Glück zu verhelfen.

Sie konnte es nicht ertragen, andere leiden zu sehen, denn sie wußte, daß seelisches Leid ebenso schlimm war wie körperliche Gebrechen.

Die Menschen, die sie gut kannten, wußten, daß ihr Interesse außer ihrem Heim denen galt, die durch eigene Fehler oder auch ohne eigene Schuld ein Leben führen mußten, das die Hölle war.

Hunderte von Menschen schrieben ihr jedes Jahr und verließen sich auf ihre Anleitung und Hilfe.

Obwohl sie niemals jemandem ihre Anteilnahme aufdrängte, hatte ihre Persönlichkeit etwas außergewöhnlich Mitfühlendes an sich, so daß fast jeder, mit dem sie in Verbindung kam, sich ihr anvertraute und ihren Rat suchte.

Jack neckte sie manchmal deswegen und sagte, er brauche sie nur beiläufig einem Mann oder einer Frau vorzustellen, und schon erzählten diese ihr ihre Lebensgeschichte. Doch Jack arbeitete auf seine Art in der gleichen Weise.

Als er nach Oxford gegangen war und später, während der vier Kriegsjahre, hatte er nur an sich selbst geglaubt.

Das Bewußtsein hatte ihm ein zynisches Vergnügen bereitet, daß er außen stand und unabhängig war von den Glaubensbekenntnissen der anderen, und daß er ohne äußere Hilfe und auch ohne Erlöser von seinen Sünden auskommen konnte.

Als er in den Krieg eingezogen wurde, hatte er angenommen, daß er mit seiner Vorstellung, daß es kein individuelles Überleben gab, weit besser daran war als die anderen, die an ein himmlisches Paradies oder an eine finstere Hölle glaubten.

Und dann hatte er gegen Ende des Krieges Barry Dunbar kennengelernt.

Barry war der tapferste Mann in seinem Regiment. Man hatte ihn zweimal für das Viktoriakreuz vorgeschlagen, und er war für die Männer, die unter ihm dienten, ein solcher Held geworden, daß sie bereit waren, ihm nachzueifern, was immer er auch tat.

Jack hatte von ihm gehört; Legenden hatten sich um seinen Namen gerankt, und mit der Abneigung aller Engländer gegen jegliche Form von Heldentum hatte er sich auf einen eingebildeten, selbstgefälligen Heroen gefaßt gemacht, auf eine Empfindungslosigkeit, die als Mut galt und eine Prahlerei, die sich als Heldentum maskierte.

Statt dessen lernte er einen großen Mann mit einer ruhigen Stimme kennen, der niemals über sich selbst sprach und dessen Konversation von fesselndem Interesse war, gleichgültig, über welches Thema er redete.

Gegen seinen Willen faßte Jack zu Barry in dem Augenblick, in dem sie sich kennenlernten, eine große Zuneigung. Eine enge Freundschaft entwickelte sich zwischen ihnen, und als der Frieden kam, verbrachten sie ihre ganze verfügbare Zeit miteinander.

Jack kannte Barry schon längere Zeit, ehe er sich dazu überwinden konnte, mit ihm über Dinge zu sprechen, die ihn bewegten, und als er es tat, stellte er fest, daß sich neue Wege des Denkens vor ihm öffneten, und er begann zu verstehen, was eine philosophische Religion für einen denkenden Menschen bedeuten konnte.

Wo er gehöhnt hatte, begann er zu verehren, und wo er gespottet hatte, zu bewundern; wie ein Kind, das ganz von vorn anfängt, lernte er Schritt für Schritt die größten Philosophen der Welt kennen.

Als Barry begonnen hatte, Philosophie zu studieren und nach den alten indischen Weden zu suchen, den Grundlagen, auf denen große Denker aufgebaut hatten, stellte er fest, daß dem westlichen Leser nur wenig Literatur zugänglich war.

Die Übersetzungen vom Ende des 19. Jahrhunderts waren so schlecht, daß sie für die wissenschaftliche Forschung fast unbrauchbar waren, und die Schwierigkeiten, die Originale zu erhalten und neue Übersetzungen anfertigen zu lassen, waren groß.

Verschlossen in den Klöstern von Nordindien und China befanden sich Werke, die Tausenden von Menschen Gewinn bringen konnten, wenn sie allgemein bekannt wurden. Aber diese Werke konnte man im allgemeinen nur dadurch beschaffen, daß man das Vertrauen der Llamas oder der Mönche gewann und fast einer der ihren wurde.

Jahrelang war Barry mit diesem Ziel herumgereist. Er kannte viele Hindu-Dialekte und hatte den größten Teil der unbekannten Gebiete um den Himalaja erforscht, und er fand in der Einsamkeit nicht nur Philosophie, sondern auch Glück.

Im Krieg war er nach Europa zurückgekehrt, um für sein Land zu kämpfen, aber jetzt, da Frieden herrschte, widmete er sich wieder seiner selbstgestellten Aufgabe.

Er hoffte, schließlich Zugang zu Tibets Schätzen zu erlangen, die nur für die Privilegiertesten des wahren Glaubens erreichbar sind.

Es war eine Lebensarbeit, die er sich vorgenommen hatte, aber eine fesselnde und anspruchsvolle Arbeit, über die sich niemand wunderte, da Barry ein außergewöhnlicher Mensch war.

Jack war in der Lage, ihm zu helfen. Barry besaß zwar genügend Geld für seine persönlichen Bedürfnisse, aber er konnte es sich nicht leisten, alle Unkosten zu tragen, die mit der Übersetzung und der Betreuung der Manuskripte zusammenhingen, die er erhalten hatte.

Jack bat Barry darum, daß dies sein Anteil an ihrem Dienst an der Menschheit sein möge und traf infolgedessen Abmachungen mit einigen berühmten Autoritäten des Landes.

Es war eine hervorragende Vereinbarung, denn während Barry für etwa sechs Monate oder ein Jahr durch den Fernen Osten reiste, ohne daß irgend jemand etwas von ihm hörte, betreute und beaufsichtigte Jack die Schätze, die sie bereits besaßen und arbeitete mit ihnen.

Die Regierung erteilte ihnen inoffiziell ihre Unterstützung und bot Barry jegliche Hilfe an, war aber nicht in der Lage, sich direkt einzumischen. Es war allein Barrys Persönlichkeit, die den Erfolg möglich machte.

Die Llamas und Mönche bewachten eifersüchtig ihre Schriften, von denen einige mehrere hundert Jahre vor

Christus geschrieben worden und tadellos erhalten waren.

Daß Barry diese Schriften in seinen Besitz oder auch nur ausgeliehen bekam, hatten diejenigen für unmöglich gehalten, die es Jahre zuvor ebenfalls versucht hatten.

Aber Barry war erfolgreich, wo andere versagt hatten.

Als die Manuskripte schließlich in seiner Obhut waren, mußte man Zeit und Arbeit aufwenden, um sie zu übersetzen, denn sie waren in toten oder fast vergessenen Dialekten abgefaßt.

Loelia hatte nicht versucht, Diana Barry Dunbar zu beschreiben. Sie zögerte, über ihn zu sprechen, so daß Diana ein wenig neugierig auf ihn war, als sie die Eichentreppe zum Speisezimmer hinabging in einem Kleid aus blaßblauem Chiffon, das sie hinter sich herzog, während ihre großen Saphir-Ohrringe fast ihre weißen Schultern berührten.

›Steif und ernst wie die meisten Gelehrten‹, dachte Diana seufzend.

Als sie die Bibliothek betrat, erhob sich eine große Gestalt von einem Sessel neben dem Kamin, und während sie nähertrat, sagte eine ruhige, merkwürdig anziehende Stimme:

»Darf ich mich bekannt machen? Ich bin Barry Dunbar.«

Während des Essens studierte Diana, die zur Linken ihres Gastgebers saß, Barry, der auf der anderen Seite des Tisches Platz genommen hatte. Zu ihrer Überraschung stellte sie fest, daß sie selbst sehr wenig sprach.

Sie war es gewohnt, daß sie immer, und zumal bei

den Standishs, mehr oder weniger die Seele der Gesellschaft war.

Sie stand in dem Ruf, witzig zu sein, aber fast zum erstenmal erlebte Diana das Gefühl, daß sie nicht beteiligt war.

Eine lebhafte Konversation erfordert nicht nur eine Zuhörerschaft, sondern einen Vertrauten, und Dianas Konversation hing von einem Gesprächspartner ab, der ihr die Bälle zurückwarf.

Alle glänzenden Bemerkungen von Dianas Bekannten betrafen Dritte, und um die volle Bedeutung der Worte würdigen zu können, mußten die Zuhörer diejenigen, über die gesprochen wurde, kennen.

Heute abend bemerkte Diana, daß niemand am Tisch einen ihrer Freunde näher kannte.

Loelia und Jack waren natürlich mit vielen Menschen in London bekannt, aber deren Freunde waren nicht unbedingt ihre Freunde.

Die Standishs hatten die letzten fünf Jahre im Ausland verbracht, und Barry wußte nicht einmal etwas von der Existenz des strahlenden und glitzernden Mayfair.

Sie fand, daß Barry auf eine ungewöhnliche Weise gut aussah, vielleicht war er ein wenig zu hager, aber es war die Schlankheit eines Mannes, der vollkommen gesund ist und kein Gramm Fleisch an seinem Körper zu viel hat.

Sein Gesicht war markant und braun, da es jedem Wetter ausgesetzt war, und seine Augen waren überraschend blau. Sein Haar war dunkel und an den Schläfen leicht ergraut.

Er hatte kantige Züge, aber sie vermittelten den Eindruck, daß sie eher von seinem Charakter geprägt als das zufällige Ergebnis seines Erbes waren.

Er wirkte sehr lebendig.

Gleichzeitig aber hatte Diana das Gefühl, daß er weniger Nerven besaß und ruheloser war als irgendein anderer Mensch, den sie je kennengelernt hatte.

Er hatte die Gewohnheit an sich, plötzlich schweigsam zu werden, und es wirkte so, als wäre sein Geist in weiter Ferne und konzentriere sich so intensiv, daß sein Körper absolut reglos blieb.

Er besaß eine vollständige Kontrolle über seinen Körper und machte nicht die tausend kleinen Bewegungen, die mit einem normalen ruhelosen Geist verbunden sind, der in Gedanken wie ein Affe von Ast zu Ast springt.

Wenn Barry sprach, schien jedes seiner Worte wichtig zu sein. Diana bemerkte, daß er niemals nur um des Sprechen willens plauderte oder diskutierte.

Und sie sollte später erfahren, wie schon viele andere vor ihr, daß es in seiner Gegenwart unmöglich war, einfach ›über nichts‹ zu sprechen. Er lenkte das Gespräch immer auf wichtige Themen.

Sein Lächeln war charmant und entwaffnend wie das eines glücklichen Kindes. Es wirkte anziehend und erstickte jede Kritik.

»Interessant«, sagte sich Diana und beschloß, sich einmal allein mit ihm zu unterhalten, ehe sie Huntsman's House verließ.

Sie fragte sich, was er wohl über sie dachte. Sie hatte zuviel über ihre Schönheit gehört und gelesen, um in dieser Hinsicht bescheiden zu sein.

Sie wußte sehr gut, daß sie auf einen Mann aufreizend wirken mußte, der die letzten Jahre in Ländern gereist war, wo eine weiße Frau zwar bekannt, aber doch eine Seltenheit war.

Sie bemerkte, wie Barry sie ein paarmal über den Tisch hinweg ansah, und meinte, er habe dies mit einer leicht spöttischen Miene getan.

Sie setzte sich ein wenig in Pose, wie es Frauen tun, wenn sie eine Eroberung machen wollen. Sie lächelte etwas lebhafter, bewegte sich verführerischer und sprach mit jener tiefen Stimme, die einen erregenden Klang hatte.

Es war kein völlig bewußter Vorgang, aber der Wunsch zu gefallen stand dahinter, und Loelia war feminin genug um zu erkennen, daß Barry Diana gefiel. Sie fragte sich, wie wohl Barrys wahren Gefühle aussahen unter dem Schleier der Höflichkeit, mit der er Diana behandelte.

Nach dem Essen gingen sie auf die Veranda, von der aus man hinunter in den Garten gelangte.

Es war eine herrliche Nacht, sehr still und nicht sehr dunkel.

Vor ihnen standen die Hügel als mattes geheimnisvolles Blau vor einem helleren Himmel. Der See, silbern und glatt, spiegelte einen Mond, der gerade in sein letztes Viertel getreten war. Man sah nur vereinzelte Sterne, die an einem wolkenlosen Himmel spärlich leuchteten.

In der Ferne im Wald heulte eine Eule, und Fledermäuse pfiffen hoch über ihren Köpfen, als sie über den weichen Rasen gingen.

Sonst war die Welt sehr still und unberührt von dem Getriebe, das nicht weit entfernt Tausende von Menschen in Bewegung hielt und antrieb.

»Sind Sie froh, daß Sie wieder hier sind?« fragte Diana.

»Sehr«, antwortete Barry. »England hat etwas außerordentlich Befriedigendes an sich. Ich glaube, es liegt an der Sicherheit dieses Landes. Nirgends anderswo in der Welt hat man dieses Gefühl, daß ein Land so gut verwaltet wird und wie ein wohlgepflegter Garten wirkt.«

Diana lachte.

»Ich nehme an, daß wir, die wir zu Hause bleiben und deshalb die Gärtner sind, Ihnen für das Kompliment danken sollten.«

Barry sah sie ernst an.

»Ich habe mich oft gefragt«, sagte er, »wieviel Schaden ihr ausgelassenen jungen Leute wirklich euerem Land antut oder ob ihr einfach unwichtig seid.«

»Schaden?« fragte Diana. »Was meinen Sie damit?«

Barry blieb stehen und sah einen Augenblick zu den Hügeln hinauf, ehe er antwortete. Sie hatten sich von den anderen getrennt und gingen auf den See zu.

»Ich will es Ihnen sagen«, antwortete Barry. »Ich war einmal an der nordindischen Grenze, ungefähr vor einem Jahr, vielleicht ist es auch länger her. Ich stieß dort auf eine kleine christliche Kolonie, die von einem Priester geleitet und von zwei weißen Männern und ein paar indischen Soldaten betreut wurde.

Sie bekamen gewöhnlich nicht viele Besucher, und sie behandelten mich mit der größten Gastfreundschaft.

Vielleicht kann man sich diese Herzlichkeit nicht vorstellen, wenn man keine Ahnung davon hat, was die Einsamkeit für die Menschen bedeutet, die Jahr für Jahr in solchen Orten leben.

Ich führte ein Gespräch mit dem Priester. Er war römisch-katholisch, ein guter Mann, nicht sehr gebildet. Fünfzehn Jahre vorher war er als Missionar nach Indien gekommen und seither nicht wieder in England gewesen. Seine Arbeit war außerordentlich schwierig.

Die einheimische Bevölkerung war wohl bereit, ihn ihre Kinder unterrichten zu lassen und aus der Mission alle Vorteile zu ziehen, die sie erlangen konnten, aber in der Not oder in der Freude kehrten sie unweigerlich zu ihrem alten Aberglauben und zu ihren Göttern zurück, die sie für sehr viel mächtiger hielten.

Das Großartige war jedoch, daß sie eine bemerkenswerte Hochachtung vor den Weißen hatten.

Es waren einfache Menschen, unberührt von revolutionären Ideen, die das südlichere Indien beeinflußten, und sie führten ein einfaches, ruhiges Leben.

Eines Tages sagte der Priester zu mir:

›Ich stelle mir oft die Frage, Dunbar, ob ich England sehr verändert antreffen würde.‹

Ich erwiderte ihm, daß er keinen sehr großen Wandel feststellen würde, außer der starken Zunahme des Verkehrs.

Er antwortete: ›Ich weiß nicht. Neulich ertappte ich drei meiner Schüler, um die ich mich sehr bemüht habe, sie gläubig unter meinen Fittichen zu halten, wie sie einen sechs Monate alten *Tatler* durchblätterten, den einer der Soldaten auf den Müll geworfen hatte. Da ich neugierig war, was sie so faszinierte, ging ich zu ihnen hin und habe das hier gefunden.‹«

Barry hielt einen Augenblick inne.

»Der Priester zeigte mir den *Tatler*. Darin war ein großes Foto von Ihnen«, fuhr Barry fort.

»Von mir?« fragte Diana erstaunt. »Wie interessant.«

»Ja, allerdings«, sagte Barry. »Es war ein Foto, auf dem Sie mit zwei anderen jungen Leuten auf einer sogenannten Freak-Party abgebildet waren. Die Überschrift teilte dem Leser mit, daß Sie ›Miß 1950‹ darstellten, glaube ich. Ihre Freunde waren so fantastisch gekleidet, daß man es schwer beschreiben kann.«

Diana errötete unwillkürlich, als sie die Verachtung in Barrys Stimme hörte. Sie erinnerte sich jetzt sehr gut an das Foto und mußte daran denken, wie sie selbst sich damals darüber geärgert hatte, daß es veröffentlicht worden war.

Es war eine verrückte Party gewesen, auf der sich alle kostümiert hatten. Sie selbst hatte einen sehr knappen Badeanzug getragen, der über und über mit Goldmünzen besät war; nichts von ihrer Figur war der Fantasie überlassen geblieben.

Auf dem Kopf trug sie einen Zylinder und Handschellen an beiden Handgelenken. Zwei von ihren flegelhafteren Freunden hatten darauf bestanden, daß sie mit ihnen fotografiert wurde.

Der junge Peer, der kürzlich aus der Oxford-University geflogen war, hatte sich als Tarzan verkleidet oder eher entkleidet. Sein Freund, dessen Familienname aus den Geschichtsbüchern ebenso bekannt ist wie er selbst an der Bar eines jeden Nachtclubs in London, hatte sich hinreißen lassen, die Kleider umgekehrt zu tragen – das Hemd als Hose und die Hose über den Schultern.

Sie lachten vergnügt in die Kamera auf die stupide, ausgelassene Art von Leuten, die zu viel getrunken hatten. Diana stand in der Mitte zwischen ihnen, und das Ergebnis war eine Fotografie, die man nicht gern seinen seriöseren Verwandten gezeigt oder sie über die Welt verbreitet gesehen hätte.

Diana schämte sich, als sie daran dachte, aber ehe sie etwas sagen konnte, fuhr Barry fort:

»›Ist das wirklich unsere Gesellschaft?‹ fragte mich

der Priester und fügte hinzu, daß er den Vater des einen jungen Mannes kannte. Sie hatten zusammen die Universität besucht. Er war ein ernster junger Mann gewesen und nur darauf bedacht, sich in der Politik einen Namen zu machen.«

Barry schwieg, als sie weitergingen, und plötzlich war Diana verstimmt. Sie fand, daß er die Geschichte nicht in diesem kritischen Ton hätte erzählen sollen. Schließlich wurden die Leute heutzutage in allen möglichen Aufmachungen und an vielerlei Orten fotografiert. Keine Party war zu intim für einen Gesellschaftsfotografen, kein Skandal zu privat, um nicht in den Klatschkolumnen zu erscheinen.

»Ich glaube, daß Sie einem sehr amüsanten Abend eine unangemessene Bedeutung geben«, sagte Diana. »Schließlich hatte jede Generation ihre Kostümbälle. Es ist nichts Außergewöhnliches daran, nichts Neues, wenn man sich verkleidet.«

»Historisch gesehen stimme ich Ihnen zu«, sagte Barry. »Aber ich glaube, daß unsere Vorfahren mehr Würde besaßen, und auf jeden Fall erregten sie nicht so viel öffentliches Aufsehen. Außerdem befand sich die Welt nicht in einem so beunruhigenden Zustand wie heute. Meiner Meinung nach richten solche Zurschaustellungen eine Menge Schaden an.«

Diana zuckte die Achseln.

»Ich weiß nicht, ob Sie die Welt oder sich selbst so ungeheuer wichtig nehmen, Mr. Dunbar«, sagte Diana.

Barry antwortete nicht.

Loelia trat zu ihnen.

»Worüber sprecht ihr?« fragte sie. »Ist das nicht eine himmlische Nacht?«

»Mr. Dunbar begibt sich in die Position eines Kritikers der Moralvorstellungen von Mayfair«, antwortete Diana leichthin. »Du mußt ihn dir einmal vornehmen, Loelia, und ihn davon überzeugen, daß seine Vorstellungen von Laster, Cocktails und Amoralität ein wenig provinziell sind.«

Loelia erkannte sofort, daß Diana zornig war. Sie sah Barry an und konnte im Dunkeln undeutlich erkennen, daß er lächelte.

Er sagte sehr sanftmütig:

»Ich habe Miß Headley gesagt, daß ich mir noch nicht im klaren darüber bin, ob das junge Mayfair Schaden anrichtet oder ob es nur unbedeutend ist, Loelia.«

»Ich hoffe wirklich, daß wir Ihr Urteil darüber erfahren, sobald Sie zu einem Ergebnis gekommen sind«, sagte Diana sarkastisch.

Sie drehte sich um und ging über den Rasen zu Jack und Colonel Stanmore, die dastanden und sich unterhielten.

Loelia wandte sich an Barry.

»Barry, Liebster, du hast Diana wütend gemacht. Das war gar nicht nett von dir! Worüber habt ihr gestritten?«

»Wütend?« wiederholte Barry. »Hoffentlich. Sie ist das typische Produkt der modernen jungen Gesellschaft.«

»Typisch«, sagte Loelia lachend. »Mein lieber Barry, sie ist ein Glanzstück, und sie ist bei weitem die netteste von allen. Ich mag sie wirklich sehr. Du darfst nicht unfreundlich zu ihr sein. Sie redet eine Menge Unsinn, ich weiß, aber in Wahrheit ist sie eine reizende Person, und wenn sie endlich einmal aufwacht und nachzudenken beginnt, wird sie sehr anziehend sein, davon bin ich überzeugt.«

Barry nahm Loelias Hand und hob sie an seine Lippen.

»Loelia, Liebste«, sagte er, »du würdest sogar bei Belzebub selbst noch entlastende Tugenden finden. Ich bin bereit, dein Urteil über deine Freundin zu akzeptieren, aber ich brauche es nicht selbst zu prüfen, oder?«

»Barry, wie scheußlich du bist!« sagte Loelia bekümmert. »Ich möchte, daß du Diana gern hast.«

Barry lachte.

»Wenn du anfängst, Ehen zu stiften, Loelia, dann gehe ich sofort in ein Kloster und bleibe dort. Versprich mir, daß du es nicht tust, ein für alle Mal.«

»Ich verspreche es«, sagt Loelia. »Du bist sowieso ein hoffnungsloser Fall. Keine Frau würde mit dir auskommen.«

Loelia schob ihren Arm unter den seinen, und sie gingen zusammen zu den anderen.

Barry setzte sich und begann, Mrs. Stanmore Geschichten über das Leben der einheimischen Bevölkerung in Indien zu erzählen.

Er ignorierte die Tatsache, daß Diana verächtlich so tat, als höre sie nicht zu.

Viertes Kapitel

Der Samstag war ein klarer, warmer Tag.

Die Hügel standen wie Wächter über den mit Früchten beladenen Obstgärten, den Feldern mit Himbeeren und Johannisbeeren und dem Versprechen einer großen Pflaumenernte.

Die Standishs überließen ihre Gäste gern sich selbst. Auf dem nahen Malvern-Golfplatz konnte man sich vergnügen, wenn man wollte.

Man konnte aber auch angeln, und im Stall standen Pferde, wenn man reiten wollte. Es gab keine organisierten Spiele oder Vergnügungen, an denen teilzunehmen sich die Gäste verpflichtet fühlen konnten.

Das Frühstück war ein bewegliches Fest. Die Frauen nahmen es vorzugsweise oben auf ihren Zimmern ein, und als Diana um zehn Uhr aufwachte und aus dem Fenster blickte, stand die Sonne schon hoch am Himmel.

Diana sah Jack und Barry von einem Spaziergang den Weg herabkommen, der an der Burg vorbei und weiter zum Gipfel des höchsten der Malvern Hills führte.

Sie zog sich langsam an und dachte dabei an ihr gestriges Gespräch mit Barry. Sie war wütend über seine Kritik, aber sie gestand sich ein, daß er sie interessierte.

Sie wußte, wie sehr Jack und Loelia, deren Meinung sie schätzte, ihn verehrten, und sie hatte bemerkt, mit welchem Respekt sie seine Ansichten anhörten.

Es war nicht sein Äußeres, das einem Bewunderung

abverlangte, es war seine Vitalität, eine besondere Ausstrahlung, seine Persönlichkeit, die fesselten.

Als Diana gebadet hatte, beschloß sie, Barry näher kennenzulernen, selbst wenn dies bedeutete, daß sie ihre, wie sie meinte, berechtigte Entrüstung über sein Verhalten ihr gegenüber unterdrücken mußte.

Als sie die Treppe herunterkam, brachen die anderen gerade auf, um vor dem Mittagessen in den Stall zu gehen.

»Du mußt nicht mitkommen, wenn du nicht willst, Diana«, sagte Loelia. »Ich weiß, es ist wie eine schreckliche Landhausparty, aber Barry und Colonel Stanmore möchten gern Jacks neue Jagdpferde sehen.«

»Ich komme gern mit«, sagte Diana.

Sie gingen langsam zum Stall hinüber.

Die Pferde waren einen Besuch wert. Jack Standish verstand etwas von Pferden, und obwohl er keineswegs übertriebene Preise zahlte, war es ihm gelungen, einen Stall zusammenzubringen, dessen sich kein Reiter hätte zu schämen brauchen.

Barry betrachtete die Tiere mit Kennerblick.

»Hast du immer noch so viel für ungezähmte Pferde übrig wie früher?« fragte ihn Jack, und dann sagte er an seine Frau gewandt:

»Barry kann wunderbar mit Tieren umgehen. Als wir zusammen in der Wildnis waren, wurde er sogar mit dem wildesten Pony oder dem störrischsten Maulesel fertig, und du weißt, wie die sind.«

Barry lächelte.

»Ich glaube, wenn man Tiere wirklich mag, dann verstehen und schätzen sie es«, sagte er. »Aber es muß ein echtes Gefühl sein. Sie wissen genau, wenn es vorgetäuscht ist, ebenso wie Kinder, die unweigerlich spüren, wenn Leute sich nur herablassen, um mit ihnen zu spielen, anstatt in ihrer Gesellschaft natürlich zu sein.«

Als sie den Stall verließen, sagte Loelia:

»Da wir gerade von Kindern sprechen – dort kommt der Sohn und Erbe.«

Ein kleiner Junge von drei Jahren kam mit dem Kindermädchen offensichtlich von einem Morgenspaziergang zurück.

Als er Loelia sah, kam er angelaufen, küßte sie und rannte dann sofort zu Barry und umklammerte dessen Bein.

»Onkel Barry, Onkel Barry!« rief er. »Ich habe einen kleinen Hund!«

Diana versuchte, mit dem Kind zu sprechen, aber Robins einziger Wunsch war es im Moment, daß Barry sich seinen kleinen Hund ansah.

Daher verschwanden sie Hand in Hand und überließen es den anderen, ins Haus zum Mittagessen zu gehen.

»Robin liebt Barry«, sagte Loelia. »Wenn Barry nicht hier ist, spricht er fast täglich über ihn. Und obwohl er ihn zwischen seinem ersten und zweiten Lebensjahr fast ein Jahr lang nicht gesehen hat, vergaß er ihn nie. Ich finde das sehr außergewöhnlich, du nicht?«

»Alle Kinder lieben ihn«, sagte Jack. »Ich habe kleine Eingeborenenjungen gesehen, lustige, kleine nackte Knirpse, die ihm stundenlang nachliefen. Im Grunde waren sie verdammt lästig, und wir mußten sie manchmal wegscheuchen wie die Hühner. Aber Barry faszinierte sie auf irgendeine besondere Art ebenso wie die Tiere.«

»Ich wollte, ich könnte an deinem Freund Barry auch nur einen einzigen Fehler finden«, sagte Diana, als sie das Haus erreichten. »Nach allem, was ich während der letzten vierundzwanzig Stunden von ihm gesehen und über ihn gehört habe, sollte man ihn im Britischen Museum in einem Glaskasten ausstellen mit einem Schild ›Der vollkommene Mann‹!«

Sie ging ins Haus, ohne auf eine Antwort zu warten, und Loelia sah mit einem leicht konsternierten Gesichtsausdruck ihren Gatten an.

Nach einem guten Mittagessen fuhren die Stanmores weg, um Bekannte in der Nachbarschaft zu besuchen.

Loelia verschwand im Kinderzimmer, und Diana beschloß, ein paar Briefe zu schreiben.

Sie ging in den kleinen Salon, wo die weit offenen Fenster die Gartendüfte hereinließen, und setzte sich an den Tisch.

Sie überlegte, ob sie an Hugo schreiben sollte. Sie hatte an diesem Morgen einen Brief von ihm erhalten, den er nach ihrem Aufbruch am vergangenen Abend geschrieben hatte.

Außerdem kam von ihm ein Telegramm, in dem er ihr mitteilte, daß er an sie dachte.

Sie nahm ein Blatt Papier, aber statt mit dem Schreiben zu beginnen, malte sie Linien darauf, die sich zu einem seltsamen Baum formten.

Sie wußte nicht, was sie ihm schreiben sollte. Sie konnte sich nicht entschließen, Gefühle zu Papier zu bringen, über die sie sich selbst noch nicht im klaren war.

Sie dachte über den Schreibtisch gebeugt so intensiv nach, daß sie den Blick nicht hob, als sie vor dem Fenster Schritte hörte.

Stühle wurden draußen auf der Veranda gerückt, und der Duft von Jacks Zigarre wehte durch das offene

Fenster zu ihr herein. Jack sprach, und schließlich nahm sie den Inhalt seiner Worte wahr.

»Dieses neue Manuskript von Ko Tuen ist großartig, Barry«, sagte Jack. »Wir haben es noch nicht zu Ende gelesen. Die Übersetzung ist außerordentlich schwierig, wie du gesagt hast. Lysaght hat einen erstaunlichen Burschen gefunden. Er sagt, er habe das Manuskript in seiner letzten Inkarnation gekannt. Ob das stimmt oder nicht, er ist offenbar der einzige Mensch, der fähig ist, die Worte zu übersetzen. Die Schönheit und Weisheit dessen, was wir bis jetzt zu sehen bekommen haben, ist ganz wunderbar.«

»Ich wollte, du hättest das Ko Tuen-Kloster sehen können«, sagte Barry. »Es hängt an einem steilen Felsen, viele hundert Fuß über dem Fluß, und es kommt einem fast unglaublich vor, daß so etwas je gebaut werden konnte.

Schon der Zugang zum Kloster ist schwierig, und obwohl ich schwindelfrei bin, muß ich sagen, daß ich manchmal froh war über die Seile des Führers.

Man meint, kein Tier außer einem Yak könnte dort hinaufgelangen, und doch tragen diese merkwürdigen Geschöpfe jeden Tag Butter und Getreide vom Tal zum Kloster hinauf auf einem Weg, der kaum breit genug ist für eine Katze, geschweige denn für einen Menschen.«

»Es sind natürlich Buddhisten.«

»Ja, von der allerbesten Art. Völlig unverdorben durch irgendwelche zeremoniellen Zusätze, die die Einfachheit dieser wunderbaren Religion in moderneren Klöstern verderben. Der Abt ist einer der interessantesten Menschen, die ich je kennengelernt habe.

Gerüchte besagen, er sei zweihundert Jahre alt. Ob

das stimmt oder nicht, er hat jedenfalls ein ungeheures Gedächtnis und ist erstaunlich gut informiert.

In dieser Höhe und mit Hilfe von Yoga können die Mönche natürlich leicht über hundert Jahre alt werden, aber die Zeit bedeutet für sie so wenig, daß eine Fehlrechnung von fünfundzwanzig Jahren oder so leicht möglich ist.«

»Machst du selbst immer noch Yoga?« fragte Jack.

»Ja, natürlich. Abgesehen davon, daß man dadurch eine feinere Wahrnehmung bekommt, finde ich es erstaunlich, wie sehr es einem hilft, mit der Höhenlage fertig zu werden und wie sehr es die körperliche Ausdauer stärkt.«

»Und zu welchen persönlichen Ergebnissen bist du dabei gekommen?«

»Zu wunderbaren wie immer«, antwortete Barry leise.

»Ich glaube, die Zeit ist gekommen, daß wir unser erstes Buch veröffentlichen, das wir aus dem Sanskrit übersetzt haben«, sagte Jack.

»Glaubst du, es gibt ein Publikum dafür?« fragte Barry.

»Ja«, antwortete Jack bestimmt. »Die einzige Hoffnung der westlichen Welt und Englands selbst ist eine geistige Erneuerung. Die Menschen verlangen danach. Sie finden, daß der Materialismus sie allmählich im Stich läßt. Sieh dir Amerika an. Noch vor fünf Jahren glaubte man dort, daß Geld und immer mehr Geld einem das Glück bringen könnte. Heute, nach der Krise, sind die Menschen dort nicht mehr so selbstsicher. Überall treffe ich Menschen aller Schichten, die den Nutzen des Wohlstands anzweifeln.«

»Dann werden sie Gott sei Dank endlich vernünftig«,

sagte Barry. »Und wie steht es mit den jungen Leuten, mit diesen jungen Narren, die ich zusammen mit Miß Headley auf der Fotografie gesehen habe, die Geld und Position besitzen und nichts Vernünftiges damit anfangen?«

Diana hatte keine Skrupel zu lauschen. Sie interessierte sich für das Gespräch, obwohl sie nicht ganz verstand, worüber sich die beiden Männer unterhielten. Als ihr eigener Name fiel, erschrak sie, lehnte sich in ihrem Stuhl zurück und hörte aufmerksamer zu.

»Warte einmal – wer waren sie doch gleich?« fragte Jack. »Ach richtig, ich erinnere mich. Es waren der junge Doon und Readhams ältester Sohn. Doon muß ein ziemlich übler Bursche sein nach allem, was ich höre. Der andere ist nur ein reicher junger Narr. Sie werden es im Laufe der Zeit überwinden, aber Barry, sie sind nur eine sehr kleine Minderheit und völlig unbedeutend.

Überall treffe ich heutzutage junge Männer, die sich für die Probleme der Menschheit interessieren, ob sie sich nun Nationalisten oder Weltbürger nennen, und das ist es, was wichtig für uns ist.

Sie arbeiten und denken. Aber ich muß zugeben, daß die besten von ihnen oft kein Geld haben.«

»Die Armut ist manchmal ein guter Lehrmeister«, unterbrach ihn Barry. »Mir wird übel, wenn ich sehe, wie sinnlos Geld ausgegeben wird, vergeudet und verschleudert von so leichtsinnigen, oberflächlichen Geschöpfen wie Diana Headley.«

Diana ballte die Fäuste und hielt sich nur mit Mühe davon ab, aufzuspringen und dadurch ihre Anwesenheit kundzutun.

»Ich habe Diana recht gern«, sagte Jack. »Und Loelia

mag sie sehr. Sie ist natürlich durch das Geld verdorben. Weil sie reich ist, laufen ihr viele nach. Außerdem ist sie recht hübsch, findest du nicht?«

»Ich fürchte nein«, antwortete Barry. »Ich habe mich so sehr daran gewöhnt, in Gesichtern den Charakter zu suchen. Das tut man, wenn man so lebt, wie ich es während der letzten Jahre getan habe. Ich nehme an, daß sie reizend ist, wie die Illustrierten sagen, wenn du sie nach deren oberflächlichen Maßstäben beurteilst. Aber ein Geist, der brach liegt, kommt mir bemitleidenswert vor, zumal sie in ihrer Position viel Gutes tun könnte, statt dessen aber so großen Schaden anrichtet.«

Barry lachte kurz.

»Ich glaube, Loelia möchte eine Ehe stiften«, fügte er hinzu. »Kannst du dir vorstellen, daß ich eine solche Frau heiraten würde?«

»Ich weiß nicht, wer mir mehr leid täte«, sagte Jack, »ich glaube das Mädchen. Aber im Ernst, Barry, alter Junge, ich wollte, du fändest eine Frau, die zu dir paßt. Du weißt, wie glücklich Loelia und ich miteinander sind, und es ist einfach wunderbar, daß wir Robin haben.«

»Jeder Mann fürchtet die Ehe, aber die meisten Männer wünschen sich ein Kind«, sagte Barry. »Ich will nicht so tun, als wünschte ich mir keinen Sohn, der einmal meine Arbeit fortsetzt.

Aber welche Frau würde sich mit meinem unsteten Leben abfinden? Und du weißt, wir können nicht mehr zurück, Jack, oder das aufgeben, was wir einmal begonnen haben. Ich glaube, wir haben wirklich einen Weg gefunden, um dieser Generation und den nachfolgenden zu helfen.

Das letzte Buch, das wir veröffentlicht haben, wurde allein in Amerika über eine Million mal verkauft, und Lysaght erzählte mir, daß er Tausende von Briefen erhalten hat, in denen er um weitere gebeten wurde, von Menschen, die langsam erkennen, wo das wahre Glück liegt.«

Barry hielt einen Augenblick inne, und dann sagte er sehr ernst:

»Ich bin sehr glücklich, Jack.«

Ein langes Schweigen trat ein, und dann sagte Jack:

»Gehen wir hinunter zum See, alter Junge. Ich möchte dir den neuen doppelhäubigen Enterich zeigen, den ich letzte Woche bekommen habe.«

Ihre Schritte verloren sich in der Ferne.

Draußen war es still, nur die Vögel zwitscherten und die Bienen summten zwischen den Blüten.

Diana saß ruhig da und blickte ohne etwas zu sehen auf das Blatt Papier vor sich.

»In einem guten englischen Haushalt gibt es als Sonntagsessen nichts anderes als Roastbeef, Yorkshire-Pudding und Apfeltorte«, sagte Jack. »Aber meine liebe Frau gibt wie gewöhnlich meine Bestände für ein wildes Leben aus und setzt uns etwas anderes vor. Ich hoffe und erwarte, daß jeder in England geborene Mensch in diesem Haus den wahren Geist beweist, indem er Roastbeef ißt oder gar nichts.«

»Höre nicht auf ihn«, sagte Loelia lachend. »Hättest du gern Ente, Diana?«

»Da hast du es«, stöhnte Jack. »Frauen kennen keinen Patriotismus.«

Nach dem Essen fragte Loelia, ob sie alle vier zusammen den Hügel hinauf zur Burg gehen wollten.

»Ich möchte dem alten Wärter etwas Tee bringen«, sagte Loelia. »Ich bekam einen speziellen Tee aus Thailand geschickt. Er trinkt ihn gern, weil er stärker ist als der, den wir hier kaufen können.«

Der Tag war sonnig, aber eine kühle Brise wehte von den Hügeln herab, so daß sie rasch gehen konnten. Die Hunde liefen vor ihnen her und jagten in jedem Stück Unterholz oder Farn imaginäre Kaninchen und bellten die Eichhörnchen an, die die Bäume hinaufhuschten, wenn sie näherkamen.

»Ich glaube nicht, daß ich schon einmal in der Burg gewesen bin«, sagte Diana.

»Wie nachlässig von uns«, antwortete Loelia. »Es ist eine von Jacks Lieblingsbeschäftigungen, unsere Gäste jeden einzelnen Stock und Stein bewundern zu lassen. Und von der Burg aus müssen sie raten, wie viele Grafschaften man vom Fenster aus sehen kann. Jack fügt immer noch ein paar mehr hinzu, um die Lösung eindrucksvoller zu machen.«

Es war ein steiler Aufstieg zur Burg, aber der Ausblick war es wert.

Loelia und Jack blieben im untersten Stock des Turmes stehen, um mit dem Wärter zu sprechen, während Barry auf ihre Bitte hin Diana in die oberen Räume führte.

Der Wohnraum im ersten Stock war mit großen Teppichen, einem riesigen Sofa und bequemen, kräftigen Stühlen ausgestattet, die um einen großen, offenen, steinernen Kamin gruppiert waren.

Ein Schreibtisch am Fenster lud zur Arbeit ein. Von dort überblickte man das großartige Panorama, während die gefüllten Bücherregale zeigten, daß ein Gast keinen Mangel an Gesellschaft zu fürchten brauchte.

Eine schmale Steintreppe in einer Ecke des Raumes führte in das Schlafzimmer hinauf, an das Jack ein Badezimmer hatte anbauen lassen.

»Wie hat man die ganzen Sachen hier heraufgebracht?« fragte Diana.

»Mit den größten Schwierigkeiten«, erwiderte Barry. »Sie mußten alles außen mit Seilen heraufziehen, ein Loch in das Dach schlagen und von dort herunterlassen.«

Das Dach war repariert und flach gemacht worden, damit man darauf sonnenbaden konnte. Es war ein merkwürdiges Gefühl, auf der Gummimatratze zu liegen und nur einen riesigen blauen Himmel über sich zu sehen und die saubere, reine Luft zu atmen.

»Ich schlafe oft hier draußen«, sagte Barry, als Diana mit ihm auf dem Dach stand. »Ich habe in meinem Leben unzählige Male im Freien geschlafen und fühle mich unter dem offenen Himmel wesentlich wohler als unter einem Dach.«

Sie lehnten sich an die Brüstung und sahen dorthin, wo zwei Meilen unter ihnen Huntsman's House lag und man die Dächer von Malvern dicht aneinandergedrängt sah, die sich wie Flechten an den ansteigenden Hügel klammerten, an dem die Stadt gebaut war.

Auf einen Impuls hin sagte Diana:

»Mr. Dunbar, Sie haben mehrere Bücher über Philosophie veröffentlicht. Würden Sie mir bitte die Titel sagen? Ich würde gern eines Ihrer Bücher lesen.«

Ohne sie anzusehen, fragte Barry:

»Warum?«

»Ich weiß nichts über Philosophie«, antwortete Diana. »Ich habe einiges über die Religionen gelesen, den Katholizismus, die Christian Science und die verschiedenen Richtungen der Kirche von England, aber mir ist erst jetzt bewußt geworden, daß ich nichts über die Religionen des Ostens weiß, an die natürlich – wenn ich es mir jetzt überlege – die Hälfte der Weltbevölkerung glaubt.«

»Sie sind es wert, studiert zu werden«, sagte Barry ernst, »und ich glaube, Miß Headley, Sie werden feststellen, daß alle Menschen ein wenig glücklicher wären, wenn sie sich von einer Philosophie helfen ließen, anstatt sich auf Äußerlichkeiten zu stützen.«

Sie fand keine Zeit, ihm zu antworten, denn Jack und Loelia kamen zu ihnen, aber als Diana an jenem Abend in ihr Zimmer ging, fand sie ein Buch auf ihrem Toilettentisch. Es war ganz einfach ›Ein Weg‹ betitelt.

Als sie das Buch in die Hand nahm, fragte sie sich, warum sie Barry darum gebeten hatte, und auch warum sie keine Abneigung gegen ihn empfand nach dem, was er über sie gesagt hatte.

»Leichtsinnig, oberflächlich« – das war kein nettes Kompliment. Und für ihn war sie nicht einmal hübsch.

Und doch mußte sie ständig an ihn denken. Im Bett lehnte sie sich gegen die Kissen und schlug das Buch auf.

Am Montag morgen fuhr sie nach London zurück, nachdem sie beim Frühstück festgestellt hatte, daß Barry bereits abgereist war. Sie war erleichtert.

Sie hatte gefürchtet, er würde sie fragen, was sie von seinem Buch hielt, das er ihr geliehen hatte, und sie wußte im Augenblick keine Antwort darauf.

Die Worte, die ohne Zusätze aus dem Original übersetzt worden waren, bestachen durch ihre Schönheit, und doch hatte Diana das Gefühl, daß sie ihre wahre Bedeutung nicht begriff.

Die Schönheit der Worte sprach ihren Geist an, aber sie spürte instinktiv, daß sie ihr mehr bedeuten sollten.

Sie erwähnte vor Loelia nichts über ihre Empfindungen oder über das Buch. Sie fuhr nach London zurück und bemerkte zum erstenmal in ihrem Leben, daß in ihrer alltäglichen Existenz vielleicht doch etwas fehlte.

Niemals zuvor hatte sie dies empfunden. Sie hatte bisher immer das Gefühl gehabt, alles zu erhalten, was sie sich wünschte. Wenn sie eine Party geben wollte, lud sie einfach Gäste ein; wenn sie irgendwo hingehen wollte, brauchte sie sich nur die Zeit dafür zu nehmen.

Besitztümer wie Autos, Kleider, Juwelen standen ihr immer zur Verfügung. Ihr Bankkonto war, wie sie annahm, ansehnlich, auf jeden Fall reichte es für ihre Bedürfnisse aus.

Und doch spürte sie nun, daß sie nicht alles bekommen hatte, und sie erkannte, daß sie allem um sich herum und vielleicht sogar sich selbst unbefriedigt gegenüberstand.

Zum erstenmal betrachtete sie sich objektiv und fragte sich, ob sie wirklich so glücklich war, wie sie immer gemeint hatte.

Genoß sie wirklich die Partys und den ganzen gesellschaftlichen Rummel, in den sie sich stürzte? Oder besser gesagt, in den sie sich in der Vergangenheit gestürzt hatte?

War es wirklich so ungeheuer amüsant, wie es ihr früher vorgekommen war, acht oder zehn Leute zum Abendessen einzuladen, ins Theater zu eilen, vom Theater zum Essen, von dort zu einer Bottle-Party, von der Bottle-Party in irgendeine Wohnung wegen ein paar Drinks und der letzten lärmenden Ausgelassenheit?

Fand sie nicht oft, daß der ganze Abend nur ermüdend gewesen war? War sie nicht oft erleichtert gewesen, wenn endlich die Morgendämmerung über die Kamine Londons kroch und sie allein in ihrem Schlafzimmer lag?

Sie hatte Dutzende von Freunden. Aber bedeuteten sie ihr wirklich etwas? Wenn einer von ihnen morgen sterben sollte, wäre er dann in ihrem Leben wirklich unersetzlich?

Gegenüber wie vielen Frauen konnte sie vollständig ehrlich und aufrichtig sein? Wie viele Männer bedeuteten ihr etwas, abgesehen von ihren Tanzkünsten und davon, daß sie auf ihren Wunsch den Kavalier spielten?

Ganz plötzlich gestand sie sich ein, daß sie das Wochenende im Huntsman's House genossen hatte, obwohl sie nicht im Scheinwerferlicht gestanden und die Hauptrolle vor einem bewundernden Publikum gespielt hatte.

Zu Hause fand Diana einen Brief und eine telefonische Nachricht von Hugo vor, und dazu ein riesiges Bukett aus Orchideen und eine Einladung, mit ihm an diesem Abend zu speisen.

Als sie in das Haus in der Park Lane gekommen war, hatte sie plötzlich eine Abneigung gegen den Luxus empfunden, den es enthielt, gegen den Diener, der ihr aus dem Wagen geholfen hatte, gegen die weichen Teppiche in der großen Marmorhalle und die in Pose dastehenden Statuen und die sanfte Beleuchtung.

Ein Stapel Visitenkarten auf einem großen Silbertablett berichtete von denjenigen, die sie oder ihren Vater hatten besuchen wollen.

Sie sah die Karten rasch durch – Angehörige ausländischer Botschaften, Amerikaner, Leute aus Übersee und ein paar formelle Besucher, die sich nicht an die burschikosen Manieren der Nachkriegsgesellschaft gewöhnt hatten.

Viele Briefe erwarteten sie in ihrem Boudoir, das in Grün und Silber dekoriert war, im Kontrast zu ihrem Schlafzimmer, das in Weiß und Gold gehalten war.

Das riesige Himmelbett hatte goldgeschnitzte Pfosten, die die Behänge aus weißem, mit goldenen Bordüren gesäumten Samt stützten.

Ein fantastisch luxuriöser Raum, der praktisch in jedem Boulevardblatt des Vereinigten Königreichs beschrieben und abgebildet worden war und der viele hundert Pfund gekostet hatte.

Große Schalen mit weißen Rosen füllten den Raum mit ihrem Duft, während in ihrem Boudoir die Blumen alle rot und purpur waren, in einem effektvollen Kontrast zu den grünen Wänden.

Während sie träge die Briefe öffnete, ging die Tür auf, und zwei ihrer Freunde wurden angekündigt – Bébé Brownlaw, eine kleine, lebhafte Blondine ihres Alters, die London mit ihrem Debüt verblüfft hatte und sie seither immer wieder von neuem überraschte, und Cecil Bacon, ein magerer, nervöser junger Mann, der von Cocktails und seinem Verstand lebte.

»Diana, Liebling!« riefen beide. »Wir sahen deinen Wagen draußen vor der Tür stehen, deshalb wußten wir, daß du zu Hause bist. Hast du etwas für uns zu trinken? Wir sind am Sterben.«

Diana öffnete ihren Cocktailschrank, der hinter einem Gemälde eines modernen Künstlers verborgen war. Er war in die Wand eingelassen.

Das Grammophon, das wie ein Bücherständer angemalt war, wurde in Betrieb gesetzt, und nach einem

Augenblick füllten die Klänge der beliebtesten Blues-Melodie den Raum.

»Liebste, du siehst verdrießlich aus«, sagte Bébé und warf sich auf den mit Seidenkissen bedeckten Diwan. »Geben wir heute abend eine Party? Können wir nicht bei dir essen?«

Diana nickte zustimmend, denn sie wußte im voraus, daß sie für jede Party bezahlen mußte, die Bébé und Cecil vorschlugen.

Keiner von beiden besaß Geld, aber sie waren immer bereit, auf Kosten anderer Leute wilde Partys zu organisieren für jeden, der das nötige Geld dafür ausgab. Sie selbst trugen mit ihrer Konversation, ihrer guten Laune und ihrem ungeheuren Trinkvermögen zur Geselligkeit bei.

»Schön, geben wir eine Party«, sagte Diana träge. »Aber du mußt die Leute zusammentrommeln, Bébé, ich kann mich nicht damit abgeben.«

Nichts hätte Bébé lieber getan. Dies bedeutete, daß sie viele Leute herbeischaffen konnte, die sich dann bei ihr revanchieren mußten, und daher waren wieder viele kostenlosen Mahlzeiten gesichert.

»Welchen Mann sollen wir für dich einladen, Liebste?« fragte Bébé.

»Natürlich Hugo«, antwortete Cecil vom Schrank her, wo er sich gerade einen zweiten Cocktail mixte. »Sei nicht einfältig, Bébé, wir alle wissen, daß Diana ihn heiraten wird.«

»So?« sagte Diana überrascht. »Dann weißt du mehr als ich.«

»Natürlich wirst du ihn heiraten«, sagte Bébé. »Denke nur daran, was das für ein Triumph über diese Katze Betty Lee wäre, die so sicher war, daß sie ihn bekommen würde und so hochnäsig zu allen Leuten wurde und sie fallenließ, aber dann, als Hugo sie wiederum fallenließ, klein beigeben und sich den Arm auskugeln mußte, ehe man ihr verzieh. Natürlich wirst du Hugo heiraten, und du wirst himmlisch aussehen mit dem Diadem bei der Eröffnung des Parlaments.«

»Danke«, sagte Diana lachend.

Doch als sie in ihrem Schlafzimmer war und die beiden für einen Augenblick allein ließ, fragte sie sich, weshalb sie noch nie bemerkt hatte, wie geistlos Bébé war und wie Cecils feminines Gebaren ihr auf die Nerven ging.

›Himmel‹, dachte sie, ›ich werde seriös! Ich muß damit aufhören.‹

Sie rief Bébé, sie möge ihr etwas zu trinken bringen, und als sie einen der ziemlich starken Cocktails getrunken hatte, die Cecils erfahrene Hand mixte, spürte sie, daß die Seriosität, die das Wochenende in ihr ausgelöst hatte, eine Illusion gewesen war, die sich aufzulösen begann wie ein früher Morgennebel.

Ein wenig später erschienen Hugo und einige andere Bekannte, die vorbeischauten, weil sie wußten, daß es hier kostenlos Getränke gab.

Mehr Gin wurde für die Cocktails gebraucht, und der Diener brachte noch mehr Flaschen Alkohol die Treppe herauf.

Silbertabletts mit kleinen Delikatessen wurden herumgereicht, das Grammophon übertönte jede Konversation, und liebenswürdige Kosenamen gingen jedermann flüssig über die Lippen.

»Hast du mich vermißt?« fragte Hugo Diana unter dem Schutz des allgemeinen Lärms.

»In gewisser Weise«, antwortete sie.

»Bitte, Diana«, sagte er.

»Also gut, ein klein wenig«, antwortete sie und sah ihn unter ihren langen, dunklen Wimpern hervor an.

»Liebling! Gehst du heute abend mit mir essen?« fragte Hugo.

»Du kannst bei mir essen«, antwortete Diana. »Bébé arrangiert hier eine Party.«

»Verdammt, ich wollte mit dir allein sein«, erwiderte Hugo.

»Nun geht das eben nicht«, sagte Diana. »Du darfst nicht so egoistisch sein, Hugo.«

»Darf ich das nicht?«

Er sah sie auf seine besondere Weise an, so daß sie zur Seite blickte und sich etwas hastig an der Konversation beteiligte, die in ihrer Nähe im Gang war.

»Kinder, wir müssen uns anziehen«, rief Bébé schrill in den allgemeinen Tumult. »Wir essen hier um halb zehn. Beeilt euch, beeilt euch!«

Sie drängte die anderen aus dem Zimmer.

Diana öffnete ihre Schlafzimmertür.

»Ich werde nicht rechtzeitig fertig, wenn ich jetzt nicht gehe«, sagte sie. »Bis später, Hugo.«

Er kam rasch auf sie zu, und ehe sie ihn davon abhalten konnte, trat er durch die Tür in ihr Schlafzimmer und schloß sie hinter sich.

»Diana, du bist ekelhaft zu mir«, sagte er.

Er nahm sie in die Arme und küßte sie leidenschaftlich.

Benommen von den Cocktails, die sie getrunken hatte, empfand sie ein Gefühl warmer Trägheit. Sie reagierte weder auf seine Küsse, noch stieß sie ihn zurück, und nachdem er einen letzten Kuß auf ihre Handfläche gedrückt hatte, verließ er sie so rasch, wie er eingetreten war.

Sie ging müde durch das Zimmer und schob sich das Haar aus der Stirn.

»Ich kann gar nicht begreifen, weshalb ich heute abend eine Party gebe.«

Und nachdem sie nach ihrem Mädchen geläutet hatte, warf sie sich auf ihr großes Bett und preßte ihren Kopf in die vielen Kissen.

Sie lag halb schlafend da, bis ihr Bad gerichtet war, und dachte an Barry.

Fünftes Kapitel

Auf der Party hatte es genügend zu trinken gegeben, man hätte sogar leicht sagen können zu viel.

Es war ungefähr drei Uhr morgens, als sie sich schließlich im ›Papageienkäfig‹ wiederfanden, einem schlecht beleuchteten, schlecht gelüfteten und außerordentlich merkwürdigen Untergrund-Club in der Nähe der Shaftesbury Avenue.

Die meisten Leute machten beim Eintreten den platten Scherz: »Wenn dies der Papageienkäfig ist, dann muß er dringend ausgemistet werden.«

Aber Dianas Party war längst über das Stadium hinaus, in dem man Kritik übt.

Sie hatten eine gemeinsame Idee, und zwar so lange Champagner zu trinken, wie jemand ihn bezahlte.

Sie hatten schließlich doch nicht in der Park Lane diniert, weil der Butler heraufgekommen war und verkündet hatte, Sir Robert habe angerufen, er käme kurz nach neun Uhr zum Dinner nach Hause.

Diana hatte angenommen, daß er Geschäftsfreunde mitbringen würde und gefunden, daß ihre eigene Party bei diesem speziellen Anlaß nicht gut dazu passen würde. Deshalb hatte sie alle in ein Restaurant eingeladen.

Dort hatten sie sich ebensogut, wenn nicht noch besser unterhalten, denn das war ihr gewohnter Tummelplatz.

Diana hatte ihr Mädchen Bébé anrufen lassen, damit sie den anderen Bescheid geben konnte, aber trotzdem brauchte sie selbst so lange, bis sie angekleidet war, daß alle schon anwesend waren und bereits mehrere Runden Cocktails konsumiert hatten, als die Gastgeberin erschien.

In ihrem feuerroten Chiffonkleid mit einem Cape aus dunklem russischem Zobel sah sie hinreißend aus, als sie unter unterwürfigen Verbeugungen des *maître d'hôtel* in die Lounge geführt wurde.

Während sie an ihrem ersten Cocktail nippte, fiel ihr etwas ein, und sie stieß einen leisen Schrei aus.

»Was ist?« fragte Hugo, der neben ihr stand.

»Mir ist eben eingefallen, daß Vater mich heute abend, ehe ich ausging, unbedingt sprechen wollte«, sagte Diana.

Sie sah auf die Uhr.

»Es ist viertel vor zehn – jetzt ist es sowieso zu spät – ich werde morgen früh zu ihm gehen.«

»Ich bewundere deinen Vater«, sagte Hugo.

»Er ist sehr klug«, stimmte Diana zu. »Manchmal wünschte ich, ich könnte ihn öfter sehen.«

»Ihr seid die ungebundenste Familie, die ich kenne«, sagte Hugo. »Ich habe dich nie über deinen Bruder sprechen hören.«

»Das liegt an dem großen Altersunterschied«, sagte Diana. »Jimmy paßt nicht gut zu meinen Freunden, so daß er, selbst wenn er zu Hause ist, nicht an meinen Vergnügungen teilnimmt. Er macht augenblicklich eine schwierige Periode durch. Den meisten Menschen geht es so, wenn sie neu an der Universität sind. Gehen wir und essen wir etwas. Ich bin ziemlich hungrig.«

Plaudernd und lachend gingen sie in den Speisesaal, und die Mädchen bewegten sich auf jene affektierte Weise, die Bewunderung hervorrufen soll.

Das ausgezeichnete Mahl war an den Partygästen

völlig vergeudet. Alle rauchten ununterbrochen zwischen und während der einzelnen Gänge.

Und keiner von ihnen würdigte den Wein, denn ihre Gaumen waren vom ständigen Cocktailtrinken bereits verdorben.

Champagner war das Getränk, das sie am meisten schätzten, mit Ausnahme einiger junger Männer, die die gleiche Vorliebe wie Cecil hatten und Gin vorzogen.

Alle sprachen gleichzeitig, niemand hörte zu, aber es wurde auch nicht viel gesagt, dem zuzuhören sich gelohnt hätte.

Diana hatte sich noch nicht ganz von jener Stimmung, die sie seit ihrem Wochenendbesuch überkommen hatte und die sie ›Depression‹ nannte, befreit.

Um sie abzuschütteln, ließ sie ihr Glas immer und immer wieder füllen, bis schließlich Hugos Konversation geistreich und amüsant wirkte und Cecils boshafte Epigramme wiederholenswert schienen, und sie empfand sogar Verständnis für Bébés überschwengliches Besitzergreifen.

»Fahren wir in das nächste Lokal«, riefen alle unmittelbar nach dem Essen, und kurz darauf zwängten sie sich in den Wagen, die Mädchen saßen auf den Knien der Männer, und alle redeten und lachten, bis sie das nächste Ziel erreicht hatten.

Während der folgenden zwei Stunden fuhren sie zu drei oder vier verschiedenen Lokalen, sahen hier ein Kabarett, tanzten dort ein paar Minuten zur Musik einer lärmenden Kapelle, eilten weiter, um einen letzten Drink in einer bekannten Bar zu sich zu nehmen, bevor diese ihre Tore schloß, und dann waren sie im ›Papageienkäfig‹ gelandet.

Eine kleine Kapelle tat ihr möglichstes, um einen betäubenden Lärm zu machen. An den Tischen, die um die winzige Tanzfläche herumstanden, drängten sich die unterschiedlichsten Leute.

Dicke, alte Frauen mit juwelengeschmückten Fingern tätschelten aufgetakelte junge Männer; unzufriedene, wasserstoffblonde Mädchen zogen Schmollmünder über halbleeren Whiskyflaschen, die sie eher niedergedrückt als belebt hatten.

Frauen in Nachmittagskleidern, Männer in Tweedanzügen mit gepolsterten Schultern, Gastgeberinnen aus der höheren Gesellschaft in Samt und Diamanten, begleitet von makellos gekleideten Eskorten mit weißen Krawatten und Frackschößen.

Die Beleuchtung war grell und schmeichelte den Gesichtern nicht.

Gerötet vom Trinken oder von der Hitze oder weiß durch Ausschweifung oder Drogen waren sie für einen objektiven Beobachter keine nette Gesellschaft.

Dianas Gruppe fand rasch einen Tisch, denn der *maître d'hôtel* kannte sie alle. Der Geschäftsführer, ein junger Mann, der ursprünglich in der Wachbrigade gewesen war und augenscheinlich jetzt keine bessere Beschäftigung finden konnte, eilte auf sie zu, um sie willkommen zu heißen.

Er wurde von den meisten der Gruppe überschwenglich begrüßt.

»Bobby, Liebling!« riefen sie. »Eine Menge Champagner für uns! Du weißt, wir haben schon vor Stunden telefonisch eine Kiste bestellt.«

»Ganz recht«, antwortete Bobby. »Sie wartet auf euch.«

Mit einem Augenblinzeln ging er hinter die Kulissen

und schickte ein halbes Dutzend Flaschen mit süßem und teurem Champagner an ihren Tisch.

»Komm nach Hause, Diana, Liebling. Ich möchte mit dir sprechen«, sagte Hugo. Er hielt unter dem Tisch ihre Hand und beugte sich besitzergreifend zu ihr hinüber.

Diana gab auf seine Bemerkung keine Antwort.

»Hast du mir nicht zugehört?« fragte er und nahm gebieterisch ihre andere Hand und preßte sie.

»Nein«, sagte Diana.

Sie entzog ihm ihre Hände und sah ihn mit vorgetäuschter Strenge an.

»Ich möchte tanzen, Tony!« rief sie über den Tisch einem großen, gutaussehenden jungen Mann zu, der neben Bébé saß.

»Tanzt du mit mir?«

»Natürlich«, antwortete er bereitwillig.

»Ich lasse dich nicht weg«, sagte Hugo und schlang einen Arm um sie, aber Diana befreite sich lachend und lief auf die Tanzfläche.

Sie warf Hugo über Tonys Schulter hinweg einen flirtenden Blick zu und zog eine kleine Grimasse.

»Diana, du bist anbetungswürdig«, sagte Tony in ihr Ohr.

Diana lächelte, denn sie wußte, daß Tony jeder Frau, mit der er tanzte seine Liebe beteuerte, und daß dies charmant, aber vollständig unaufrichtig war.

Es war jedoch spät genug in der Nacht, daß sie sein leidenschaftliches Geflüster ganz unterhaltsam fand. Sie lachte und genoß den Tanz mit ihm, zumal sie jedesmal, wenn sie an ihrem Tisch vorbeitanzten, Hugos mürrisches Gesicht sah.

Bébé, die mit Cecil tanzte, stieß mit ihnen zusammen.

»Hugo ist wahnsinnig eifersüchtig«, sagte Bébé mit schriller Stimme. »Du bist sehr widerlich zu ihm, Diana. Er hat mir gerade den Kopf gewaschen, und ich bin sicher, er wird Tony erdolchen.«

»Wer fürchtet sich vor dem großen, bösen Lord?« fragte Cecil und wirbelte mit Bébé schwungvoll davon, bis sie an einen Tisch stießen.

Diana, der es Vergnügen machte, Hugo zu ärgern, tanzte so lange mit Tony, bis Hugo schließlich aufstand, zu ihnen herüberkam und eingriff.

»Es ist an der Zeit, daß du mit mir tanzt, Diana«, sagte er ärgerlich, nahm sie aus Tonys Armen und tanzte mit ihr davon.

»Was für ein Benehmen, Hugo!« sagte Diana.

»Ich will verdammt sein, wenn ich dich die ganze Nacht mit diesem Burschen flirten lasse«, erwiderte er.

Diana lachte.

»Was für ein stürmischer Liebhaber!« neckte sie ihn. »Durch und durch herrisch und streitsüchtig!«

»Wir gehen jetzt nach Hause«, sagte Hugo und führte sie zum Ausgang.

»Also wirklich, Hugo!« protestierte Diana. »Ich will noch nicht nach Hause. Außerdem habe ich die Rechnung noch nicht bezahlt.«

»Ich habe Bébé schon das Geld gegeben«, antwortete er. »Du kommst jetzt mit! Ich muß mit dir sprechen!«

Diana, die sich heimlich amüsierte, tat so, als wäre sie gekränkt.

»Ich lasse mich nicht herumkommandieren«, sagte sie. »Du benimmst dich abscheulich!«

Hugo packte sie fest am Arm.

»Komm mit!«

»Aber mein Cape, ich muß mein Cape holen«, sagte Diana. »Ich habe es auf dem Sofa liegengelassen.«

»Ich hole es«, sagte Hugo. »Es dauert nur einen Augenblick. Du gehst nicht wieder hinein!«

Diana ging langsam die Treppe hinauf, während Hugo sich einen Weg durch die Menge der Rumbatänzer auf ihren Tisch zu bahnte.

Die frische Luft, die durch die Eingangstür hereinkam, ließ Diana einen Augenblick schaudern, aber dann war ihr die Kühle willkommen nach der stickigen, übelriechenden Luft im Tanzlokal.

Es war eine schöne Nacht, und als Diana aufblickte, sah sie den Mond, und plötzlich dachte sie an den vergangenen Freitag, als sie im Garten vom Huntsman's House spazierengegangen war und mit Barry Dunbar gestritten hatte.

Auf einen Impuls hin sprang sie in ein wartendes Taxi und nannte dem Fahrer ihre Adresse in der Park Lane.

Als sie abfuhren, blickte sie zurück und sah Hugo mit ihrem Zobel auf der Türschwelle des ›Papageienkäfigs‹ stehen und die Straße nach ihr absuchen.

Sie lehnte sich im Sitz zurück und lächelte. Das war ein Triumph über Hugo! Schließlich durfte er nicht so sicher sein, daß er ihr Befehle geben konnte. Sie war froh, daß sie allein nach Hause fuhr.

Irgendwie war sie nicht in der Stimmung für seine Küsse. Sie war müde, es war spät, und sie glaubte, er hätte ihr vermutlich sowieso nur Vorhaltungen gemacht, weil sie mit Tony getanzt hatte.

Als sie in der Park Lane ankam, bezahlte sie den Taxifahrer, nahm ihre Hausschlüssel aus der goldenen Handtasche und öffnete die Tür. Es war sehr still in der Halle.

Nur ein kleines Licht brannte für sie, aber der Mondschein fiel durch das lange, vorhanglose Fenster und warf merkwürdige Schatten auf die Treppe und beleuchtete das lebensgroße Ölgemälde ihrer Mutter an der Wand. Sie war nach der häßlichen Mode der Jahrhundertwende gekleidet und doch eine außergewöhnlich schöne Frau.

Diana blieb einen Augenblick stehen, betrachtete das Bild und nahm es doch eigentlich nicht wahr, denn es war ihr zu vertraut, um ihre Aufmerksamkeit zu erregen. Plötzlich hatte sie ein merkwürdiges Gefühl.

Im Haus war es sehr still, und doch war ihr so, als ob irgend etwas nicht stimmte.

Sie horchte.

Bis auf das Ticken der Standuhr in der fernen Ecke war es vollkommen still.

»Was ist?« fragte sie. Sie war unwillkürlich irgendwie beunruhigt.

Während sie noch wartete, hörte sie ein Taxi vor dem Haus vorfahren. Jemand kam die Treppe heraufgelaufen, und dann klopfte es laut an die Haustür.

Es war Hugo – sie wußte das –, und sie ging durch die Halle und öffnete die Tür.

»Sei nicht albern«, sagte sie. »Wenn du Lärm machst, weckst du das ganze Personal.«

»Laß mich hereinkommen und mit dir sprechen«, drängte er.

Diana schüttelte den Kopf.

»Ich möchte zu Bett gehen. Ich bin müde. Wirklich. Bitte mache heute nacht keine Szene.«

»Laß mich nur einen Augenblick herein«, bat er.

Aber Diana blieb unter der Tür stehen und ließ ihn nicht ein.

»Ich werde morgen früh über alles, was du willst, mit dir sprechen«, sagte sie. »Ehrlich. Ich bin jetzt zu müde.«

Er nahm ihre linke Hand.

»Mußt du immer vor mir weglaufen?« fragte er.

»Ich weiß nicht«, antwortete sie.

Er küßte ihre Hand.

»Eigentlich sollte ich ärgerlich über dich sein, und doch fällt es mir schwer.«

Er lächelte sie an.

»Du bist sehr nett«, sagte Diana, »und ich mag dich deswegen. Aber ich möchte jetzt schlafen gehen. Ich bin todmüde. Rufe mich morgen an, vielleicht essen wir am Abend zusammen.«

Er drehte ihre Hand um und küßte sie noch ein paar Mal.

»Gute Nacht, meine Geliebte«, sagte er. »Schlafe gut und träume von mir.«

Er drehte sich um und ging.

Sie schloß die Haustür.

›Der gute Hugo‹, dachte sie. ›Das war sehr nett von ihm.‹

Sie legte eine Hand auf das Treppengeländer und stellte ihren Fuß auf die erste Stufe, und dann überkam sie wieder dieses merkwürdige Gefühl, daß irgend etwas nicht in Ordnung war.

›Ich bin nur nervös‹, dachte sie.

Sie blickte sich um, und dann bemerkte sie einen Lichtschein unter der Tür des Arbeitszimmers.

›Vater ist noch auf‹, dachte sie. ›Ich gehe zu ihm.‹

Sie durchquerte die Halle und öffnete leise die Tür.

Sir Robert schlief oft in diesem Zimmer, wenn die Müdigkeit ihn während der Arbeit übermannte und ihn niemand weckte.

Er war kein guter Schläfer, und ein paar wenige Stunden die er unbequem in seinem Sessel schlief, waren besser als nichts, gleichgültig zu welcher Tages- oder Nachtzeit.

Leise betrat sie das Zimmer.

Sir Robert saß nicht in seinem Lieblingsarmsessel neben dem Kamin, sondern an seinem Schreibtisch.

Diana stand einen Augenblick reglos da, dann stieß sie einen überraschten Schrei aus. Ihr Vater hatte die Arme vor sich ausgestreckt, und sein Kopf lag auf der Schreibunterlage.

Einen Augenblick lang dachte Diana, er schliefe, und dann sah sie etwas, bei dessen Anblick ihr Herz sich plötzlich zusammenzog und stillzustehen schien und alle ihre Gedanken lähmte.

Sir Robert hielt in der rechten Hand einen Revolver.

Es dauerte ein paar Sekunden, ehe Diana sich bewegen konnte, und dann, während sie »Vater!« schrie und auf ihn zulief, wußte sie, daß er tot war.

Diana saß in ihrem Zimmer und sah mit leerem Blick aus dem offenen Fenster.

Sie saß regungslos da und bemühte sich, ihre Gedanken unter Kontrolle zu bringen. Sie war wie gelähmt und stellte sich immer und immer wieder die gleiche Frage und fand keine Antwort.

Es kam ihr vor, als wären die Ereignisse der vergangenen Stunden in großen Schlagzeilen in ihren Geist eingeätzt worden, Schlagzeilen, die mit Megaphonstimmen in ihr Gehirn schrien, obwohl sie selbst völlig unfähig war, die Ungeheuerlichkeit dessen, was geschehen war, zu begreifen.

Fetzen ihrer eigenen Konversation, die Ereignisse,

die einander in rascher Folge abgelöst hatten, Menschen, die kamen und gingen, das schreckliche Schweigen ihres Vaters – alles kam ihr wieder in den Sinn, als sie im Sonnenschein dasaß.

Sie konnte ihre eigene Stimme am Telefon hören, als sie mit Sir Leverson Parker gesprochen hatte, dem Arzt, den sie seit ihrer Kindheit kannte und liebte.

Sie hatte bei ihm zu Hause angerufen, und das Telefon schien endlos zu läuten.

Schließlich hatte er geantwortet; die knappe, ruhige Stimme, aufmerksam, aber gelassen, obwohl er aus dem Schlaf geweckt worden sein mußte.

»Hallo, wer ist da?«

Dann ihre eigene Antwort:

»Hier ist Diana – Diana Headley. Sir Leverson, bitte kommen Sie... kommen Sie sofort... Vater... er ist tot...«

Und Sir Leversons ruhige Antwort:

»Ich bin in wenigen Augenblicken da.«

Das Alleinsein in jenem Raum. Das schreckliche Schweigen, nachdem sie den Hörer eingehängt hatte, diese hingestreckte, regungslose Gestalt, die Finger geöffnet, das Gesicht verborgen.

Sie hatte bemerkt, daß sein Haar ein wenig schütter geworden war, daß ein Faden weißer Baumwolle am Ärmel seines Rockes haftete, daß an einem Fingernagel ein Tintenfleck war. Dann hatte sie gesehen, daß vor ihm auf der Schreibunterlage ein Brief lag.

Von dort, wo sie stand, hatte sie die auf dem Kopf stehenden Worte lesen können: ›An meine Kinder‹.

Während Diana sie las, fiel ihr ein, daß ihr Bruder benachrichtigt werden mußte. Er studierte in Cambridge.

Sie fragte sich, ob sie ihn zu dieser Stunde anrufen konnte.

Aber dann sagte sie sich, daß Sir Leverson jeden Augenblick vorbeikommen würde und sie ihn in der Halle abfangen mußte, weil sie nicht wollte, daß die Dienstboten geweckt würden.

Sie hatte plötzlich Angst davor, daß jemand anderer erfuhr, was in dieser Nacht geschehen war, und sie fürchtete plötzlich, einer der Dienstboten könnte die Treppe herunterkommen.

Sie ging aus der Bibliothek in die Halle, und es kam ihr vor, als wären Jahre verstrichen, seitdem sie mit der Hand am Treppengeländer dagestanden hatte und im Begriff gewesen war, zu Bett zu gehen.

Sie hörte draußen einen Wagen vorfahren, und einige Augenblicke später öffnete sie Sir Leverson die Haustür.

Er ging sofort in das Arbeitszimmer und ließ Diana in der Halle warten. Kurze Zeit später kam er zurück und schloß die Tür hinter sich. Sir Leverson nahm sanft Dianas Hand.

»Es tut mir leid, Diana, mein Kind«, sagte er, »aber ich muß die Polizei rufen.«

Bei diesen Worten stieß Diana einen leisen Schrei aus.

Der Arzt führte sie in den kleinen Salon.

»Warten Sie hier. Ich kann Sie leider nicht zu Bett gehen lassen, denn ich fürchte, Sie werden ein paar Fragen beantworten müssen. Seien Sie tapfer. Ich will versuchen, Ihnen so viel wie möglich zu ersparen.«

Er ging zur Anrichte, wo gemäß Sir Roberts Wunsch immer Getränke und Sandwiches bereitstanden für jeden, der spät nach Hause kam und vielleicht hungrig war.

Sir Leverson schenkte Diana ein Glas ein, und sie trank es mechanisch aus und spürte, wie der Alkohol in ihrer Kehle brannte.

»Was ist mit Jimmy?« fragte sie, als sie Sir Leverson das Glas zurückgab.

»Ich werde ihn sofort benachrichtigen lassen«, sagte Sir Leverson. »Bleiben Sie hier ruhig sitzen, meine Liebe. Ich komme so bald wie möglich wieder zu Ihnen.«

Er tätschelte ihre Hand und ging hinaus.

Fragen, Menschen, Bewegung, Stimmen, das schwere Poltern von Füßen, das Schluchzen eines aufgeweckten Dienstmädchens – die nächste Stunde schien wie in einem Kaleidoskop vorüberzugehen und ließ Diana erschöpft zurück.

Und doch hatte sie sich unter Kontrolle, als sie fast ohne zu denken tat, was von ihr verlangt wurde. Sie gehorchte automatisch und beantwortete Fragen, bis Sir Leverson sie schließlich nach oben brachte und mit einem Schlaftrunk ins Bett schickte.

Sie trank ihn, ohne Fragen zu stellen, gehorchte ihm wie ein Kind, zu müde, um zu rebellieren.

Nach drei Stunden eines traumlosen Schlafs wachte sie auf und sah Jimmy neben ihrem Bett stehen.

Sie blickte ihn erstaunt an und hatte einen Augenblick lang vergessen, was geschehen war, aber dann fielen ihr die Ereignisse der letzten Nacht ein, und sie spürte, wie die Erinnerung daran ihren Geist lähmte, so daß sie schweigend ihre Arme nach ihm ausstreckte.

Er nahm sie und lächelte Diana sehr zärtlich an.

»Armes, altes Mädchen«, sagte er und setzte sich auf ihren Bettrand. »Ich konnte nicht früher kommen. Sir Leverson sagt, du hast dich großartig verhalten.«

Diana sah ihn kurz an, und dann fragte sie ganz ruhig:

»Jimmy, warum hat er das getan?«

Jimmy stand auf, ging zum Fenster hinüber und blickte lange Zeit hinaus. Dann drehte er sich zu seiner Schwester um. Er sprach bedachtsam, und seine Stimme klang etwas rauh, als wäre er wider Willen erregt.

»Weil er ein Betrüger war.«

Diana richtete sich ruckartig im Bett auf.

»Was meinst du damit?«

Jimmy zog ein Blatt Papier aus der Tasche und reichte es ihr schweigend. Diana erkannte den Brief, den sie in der Nacht vor den Händen ihres Vaters auf dem Schreibtisch hatte liegen sehen.

›*An meine Kinder*‹, stand da in seiner klaren, runden Handschrift mit den kräftigen Abwärtsstrichen, die für seine Entschlossenheit sprachen. Es war ein kurzer Brief, geschrieben von einem Mann, der sein ganzes Leben lang Gefühlsseligkeit verabscheut hatte und sich ihr auch jetzt nicht hingab.

Er bat sie nicht um Entschuldigung für das, was er ihnen antat. Er berichtete ihnen offen die Wahrheit und unterzeichnete mit seinem vollen Namen.

Es war für Diana nicht ganz verständlich, aber selbst ein Mensch, der selten über finanzielle Dinge nachdachte, hätte das Wesentliche verstanden. Sir Robert hatte seinen Verpflichtungen nicht mehr nachkommen können und, anstatt eine Haftstrafe auf sich zu nehmen, das getan, was ihm als der leichteste Ausweg zu sein schien.

Nachdem Diana den Brief gelesen hatte, legte sie ihn vor sich auf das Bett und sah Jimmy an, der mit den Händen in den Hosentaschen vor ihr stand und sie beobachtete.

»Können wir irgend etwas tun?« fragte Diana.
Jimmy schüttelte den Kopf.
»Nichts«, sagte er.
»Steht es schon in den Zeitungen?« fragte Diana.
»In den Mittagsausgaben wird es erscheinen«, erwiderte er. »Unten treiben sich schon Reporter herum.«
»Was sollen wir tun?«
Jimmy zuckte die Achseln.
»Wir müssen den Tatsachen ins Auge sehen, glaube ich.«
Sie schwiegen. Beide dachten an den letzten Selbstmord eines berühmten Finanziers, an das Aufsehen, das dadurch entstanden war und den enormen Schaden, den sein Tod in und bei vielen ihren bekannten Menschen angerichtet hatte.
Dianas Bekannte hatten auf unterschiedliche Weise darunter gelitten; mehrere von Jimmys Freunden hatten das College verlassen müssen, weil sie die Studiengebühren nicht mehr zahlen konnten, und sie erinnerte sich daran, wie sie geächtet und verurteilt worden waren, auch von ihnen selbst.
Der Name des Mannes war in herabsetzender Weise in aller Munde gewesen, und jetzt war es ihr Vater, und sie, die seinen Namen trugen, würden unter der Schmach leiden.
Die ganze Geschichte kam ihnen wie ein Alptraum vor, sie schien unrealistisch und auf fantastische Weise unwahr zu sein.
Sie wußten nichts von Sir Roberts Geschäften. Er hatte niemals mit seinen Kindern oder überhaupt mit irgend jemandem über seine Arbeit gesprochen.
In den nächsten Tagen sollten sie erfahren, daß der Schock für die engsten Freunde ihres Vaters ebenso

groß war. Selbst seine Sekretäre hatten keine Ahnung gehabt, daß ihr Vater in einer Krise steckte.

Er hatte so viele Fäden in Händen gehalten, war an so vielen großen Konzernen beteiligt, und bei jeder Firma, mit der er verbunden war, hatte er darauf bestanden, der oberste Kontrolleur zu sein und die Zügel straff zu führen, so daß niemand etwas von dem Kampf bemerkte, den er seit einiger Zeit führte.

In dem Augenblick, in dem die Börse die Nachricht von Sir Roberts Tod erfuhr, gab es die gewöhnliche Panik unter den Anlegern, und in den Zeitungen stand immer wieder jedes einzelne düstere Detail.

Auf den Zeitungsplakaten stand sein Name in riesigen Lettern. Die gerichtliche Untersuchung und die darauf folgende Beerdigung waren Alpträume, aus denen Diana und Jimmy bleich, aber gefaßt hervorgingen.

Keiner von beiden zeigte Anzeichen von Schwäche. Diana sah nun ihren Bruder in einem neuen Licht. Er war erst einundzwanzig Jahre alt, und doch schien er jetzt der ältere von ihnen beiden zu sein.

Er sorgte für sie, er verbarg vor ihr, soweit es möglich war quälende Details, um die er selbst oder Sir Leverson sich kümmern konnten.

Erst nach der Beerdigung, als sie mit dem Anwalt sprachen, stellte sich ihnen beiden das größte Problem.

Der Anwalt beschönigte ihre Zukunftsaussichten nicht. Die Gläubiger würden alles erhalten. Das einzige Unangreifbare war das Geld ihrer Mutter, das diese ihnen bei ihrem Tod vermacht hatte. Es war so wenig, daß sowohl Jimmy als auch Diana es völlig vergessen hatten. Die Dividenden waren unbeachtet auf ihren Bankkonten eingegangen.

Nun waren sie begierig, den genauen Wert der einzigen Rettungsboje zu erfahren, die ihnen in dem Sturm geblieben war, der innerhalb von drei Tagen ihren gesamten Besitz hinweggeschwemmt hatte.

Einhundertfünfundzwanzig Pfund im Jahr für jeden war alles, was ihnen blieb, wie sie feststellten.

Diana versuchte vergeblich zu begreifen, was das bedeutete.

Hundert Pfund hatten für sie ihr Leben lang sehr wenig bedeutet – zwei oder drei Kleider, eine Armbanduhr, die ihr im Schaufenster bei Asprey aufgefallen war, ein Pferd oder die Ausgaben für eine kurze Reise ins Ausland.

Und jetzt sollte sie mit ein wenig mehr als dieser Summe ein ganzes Jahr lang sich kleiden, ernähren und ihre anderen Ausgaben decken.

»Wir schaffen es nicht«, sagte sie verzweifelt zu Jimmy.

»Wir müssen es schaffen«, antwortete er.

Zum erstenmal erkannte Diana, daß Jimmy in gewisser Weise wie ihr Vater war. In diesem Augenblick bewunderte sie ihren Bruder.

Sie konnte sich ungefähr vorstellen, was es für ihn bedeutete, Cambridge zu verlassen. Er hatte es geliebt, er hatte dort jeden Augenblick genossen, und er war beliebt gewesen und ehrgeizig, das blaue Ruderband zu erwerben.

Als er am vergangenen Abend den Brief an die Universität geschrieben hatte, in dem er mitteilte, er würde nicht nach Cambridge zurückkehren, hatte sie beobachtet, wie er plötzlich die Faust ballte, als hielte er sich nur mit Mühe davon ab, den Brief zu zerreißen.

Aber als er dann mit ihr sprach, hatte seine Stimme völlig normal geklungen.

»Was soll ich nur tun?« fragte Diana Jimmy an diesem Abend.

Sie hatten am Nachmittag die Benachrichtigung bekommen, daß sie das Haus so rasch wie möglich verlassen mußten, da es zum Verkauf ausgeschrieben worden war.

»Kannst du nicht vorübergehend bei irgend jemandem wohnen?« fragte Jimmy.

Diana schüttelte den Kopf.

Aber dann fiel ihr der Brief von Loelia ein. Es sollte noch Wochen dauern, bis Diana sich bewußt wurde, wie wenige Menschen ihnen geschrieben oder Teilnahme und Bedauern über die Tragödie ausgedrückt hatten, in die sie und ihr Bruder verwickelt waren.

Von den Hunderten von Menschen, die sie in der Park Lane und in Mortons gastlich empfangen und die mit ihnen Feste gefeiert hatten, schrieben etwa ein Prozent den beiden verwaisten Kindern, die mit einem Chaos fertigzuwerden versuchten, das ihre Kraft überstieg.

Ihre eigenen Freunde tanzten und vergnügten sich unbekümmert weiter, während die älteren Bekannten ihren Vater verurteilten und verdammten, dem sie einmal geschmeichelt und den sie umworben hatten, begierig nicht nur auf seine Freundschaft, sondern auch auf seinen finanziellen Rat.

Von keinem dieser Menschen war zu erwarten, daß er eine helfende Hand reichen oder auch nur ein freundliches Wort für die Kinder des Mannes erübrigen würde, der in ihre Taschen gegriffen hatte.

Später erinnerten sich Diana und Jimmy an jene letzten Tage im Haus in der Park Lane mit Beklemmung.

Es kam ihnen so vor, als stünden sie unter den Trümmern von allem, was ihnen einmal wichtig und was so sehr ein Teil ihrer Existenz gewesen war, daß sie meinten, es sei absolut unentbehrlich.

Außenstehende hielten sie für hart und gefühllos, da sie weder klagten noch weinten und sich nicht hysterisch benahmen. Die Leute legten ihre Selbstbeherrschung als Gleichgültigkeit aus.

Diana und Jimmy spürten, daß sie auf sich allein gestellt waren, sie kamen sich vor, als stünden sie auf einem nackten Felsen, der öffentlichen Meinung schutzlos ausgesetzt.

Aber das einzige, was sie wirklich ängstigte, war, daß sie ihren Mut verlieren und in den Wellen, die höher und höher um sie aufbrandeten, untergehen könnten.

Wenn sie auch nur einen Augenblick hätten vergessen können, was geschehen war, erinnerten sie die neugierigen Menschen draußen vor der Haustür daran oder die verunsicherten Dienstboten im Haus und die Reporter, die ihnen begierig auflauerten wie Jäger einem seltenen Tier.

Loelias Brief war der freundlichste, den Diana bekam, und der einzige, der eine Einladung enthielt.

»Komm zu uns ins Huntsman's House«, schrieb Loelia. »Wenn Du uns aber nicht sehen willst, steht Dir die Burg zur Verfügung, in der Du allein sein kannst. Ich hoffe wirklich, Du kommst zu uns, Diana, Liebling, und wenn wir Dir in irgendeiner Weise helfen können, weißt Du, daß wir es gern tun.«

Diana zeigte Jimmy den Brief.

»Du solltest hinfahren«, sagte er, nachdem er ihn gelesen hatte. »Du gewinnst dadurch Zeit, um über deine Zukunft nachzudenken.«

»Willst du mich nicht begleiten?« fragte Diana.

Jimmy schüttelte den Kopf.

»Ich werde mir eine Arbeit suchen«, erwiderte er.

»Was für eine Arbeit?« fragte Diana.

»Das weiß Gott. Aber ich werde etwas finden, und du wirst das gleiche tun müssen, altes Mädchen, oder heiraten.«

Zum erstennmal seit dem Tod ihres Vaters dachte Diana an Hugo.

Sechstes Kapitel

Der Selbstmord von Sir Robert Headley war eine Sensation.

Seine Lebensgeschichte interessierte die Öffentlichkeit, die er betrogen hatte, ungeheuer. Bilder von ihm als Kind, als Schuljunge, als junger Mann wurden aus allen Ecken der Welt zusammengetragen und sein Werdegang in Artikeln, Geschichten und Zeitungsinterviews veröffentlicht.

Dienstboten, die er vor mehr als zehn Jahren beschäftigt hatte, stellten fest, daß man sich ihre Meinungen über ihn mit Interesse und Wohlwollen anhörte.

Chauffeure, die er entlassen hatte, konnten sich nun Luft machen nach einer langen Verstimmung. Gärtner wurden bezahlt für seine angeblichen Äußerungen über Sämlinge oder landwirtschaftliche Erzeugnisse.

Alle, die ihn im Finanzdistrikt gekannt hatten, waren nun bereit zu schwören, daß sie seinen Machenschaften schon immer mißtraut hatten.

In Wahrheit war Sir Robert nicht so sehr ein geschickter Spekulant gewesen, sondern ein Mann, der versagt hatte, wo viele andere erfolgreich waren.

Die Märkte waren gegen ihn gewesen, und um sich zu retten, war er immer tiefer in den finanziellen Abgrund geraten, bis er schließlich das Unheil nicht mehr hatte abwenden können.

Ein kleines bißchen Glück, und seine Geschäfte wären gelungen und seine Freunde hätten sich um ihn geschart wie zuvor, bereit, ihn hochleben zu lassen, auch wenn die Scharfsinnigeren unter ihnen vielleicht geargwöhnt hätten, daß sich seine Geschäfte der Grenze der geraden und schmalen Wege der Ehrlichkeit näherten.

Sir Robert war ein Selfmademan, aber seine Herkunft war nicht ganz so bescheiden, wie er gerne vorgab. Die meisten Männer, die etwas Großes erreicht haben, geben sich gern als genialer aus, als sie es sind, indem sie versichern, daß sie ganz unten angefangen haben.

Sir Robert schilderte in öffentlichen Reden und nach einem guten Mahl immer bereitwillig, wie er barfuß zur Schule gegangen war.

In Wirklichkeit war sein Vater ein kleiner Händler im Norden Englands gewesen, der seinen Sohn sparsam, aber gewiß ohne Härte aufgezogen und ihm die beste Ausbildung hatte zuteil werden lassen, die er sich leisten konnte.

Als er vierzehn Jahre alt war, starb sein Vater, und er hatte von da an bei einem Onkel gelebt, der im Transportwesen tätig war.

Mit achtzehn Jahren hatte Robert Headley in Canada gearbeitet; mit vierundzwanzig Jahren war er auf einfache, unluxuriöse Weise viel gereist.

Mit achtundzwanzig Jahren war er in den Handel gegangen und hatte ein Gehalt verdient, das ihm wie ein stattliches Vermögen vorgekommen war.

Zwanzig Jahre später war sein Name im Finanzdistrikt von London bekannt gewesen. Und mit zweiundfünfzig Jahren war er wegen seiner finanziellen Verdienste für das Land geadelt worden.

Aber die wahre Geschichte seines Lebens interessierte die Öffentlichkeit nicht. Man wollte Geschichten über seine Rücksichtslosigkeit im Geschäftsleben hören, über seine Interessen zu Hause oder im Ausland, über seine Grobheit gegenüber Reportern und über seine häuslichen Vorlieben und Abneigungen.

Die Geschichten über seine luxuriöse Lebensweise waren so übertrieben, daß Diana und Jimmy in den Beschreibungen ihr eigenes Elternhaus nicht wiedererkannten.

Normal eingerichtete Zimmer wurden so beschrieben, als wären es Schatzhäuser voll überladener Pracht.

Badezimmer, Keller und sogar die Toiletten des Hauses wurden in so leuchtenden Farben geschildert, daß die Berichte darüber, selbst wenn die Räume mit Gold ausgelegt und mit goldenen Armaturen versehen gewesen wären, keine fantastischeren Vorstellungen von überflüssigem Luxus hätten vermitteln können.

Aus einem Finanzier mit Weitblick, dem es nicht gelungen war, Geschäfte zum Erfolg zu führen und der deshalb eine große, aber nicht unersetzliche Menge Geldes verloren hatte, wurde Sir Robert, das Ungeheuer, das bewußt unschuldige Menschen zu seiner eigenen dämonischen Befriedigung betrogen hatte.

Auch Diana entkam einer solchen pauschalen Verdammung nicht. Man veröffentlichte Fotos von ihr, auf denen sie kostbaren Schmuck trug, und die Beschreibungen ihrer Pelze, ihrer Autos und andere Berichte über sie, die irgendwann einmal in der Presse erschienen waren, wurden gesammelt und zu einem Handbuch über das arme kleine reiche Mädchen zusammengestellt.

Als Diana im Paddington-Bahnhof in den Zug stieg und sich dabei vorkam, als wäre sie selbst eine Kriminelle, die sich bemüht, nicht erkannt zu werden, sah sie Bilder von sich selbst in den Zeitungsständen ausgestellt.

»Das Privatleben von Sir Robert Headley«, konnte man im *Tittletattle* dieser Woche lesen, während seine ›Intime Geschichte von einem, der ihn gut kannte‹ am Sonntag in der *News of the Town* beginnen sollte.

Man wurde aufgefordert, wegen der gewachsenen Nachfrage schon jetzt ein Exemplar zu bestellen, um es auch sicher zu bekommen.

Zum erstenmal in ihrem Leben reiste Diana dritter Klasse.

Jimmy begleitete sie zum Zug und fand für sie ein verhältnismäßig leeres Abteil.

Er küßte sie liebevoll.

»Gib auf dich acht«, sagte er. »Ich lasse dich in den nächsten Tagen meine Adresse wissen. An deiner Stelle würde ich ein paar Wochen im Huntsman's House bleiben, bis sich die Aufregung gelegt hat.«

»Leb wohl, Jimmy, Liebster«, sagte Diana und ihre Augen wurde feucht.

Sie wollte ihren Bruder nicht verlassen. Er hatte sich in den letzten Tagen ihr gegenüber großartig benommen. Und es war alles leichter zu ertragen, wenn sie beide zusammen waren.

Diana beugte sich aus dem Fenster und winkte Jimmy, als der Zug den Bahnhof verließ. Die Art, wie er seine Schultern durchdrückte, sein Lächeln und seine erhobene Hand gaben ihr Mut. Selbstbeherrscht unterdrückte sie die Tränen und puderte sich die Nase.

Sie hatte Loelia geschrieben, sie würde gern direkt zur Burg gehen und dort ein paar Tage allein verbringen.

»Ich möchte nachdenken«, hatte sie geschrieben, und jetzt wiederholte sie die Worte.

Die Ereignisse der letzten Tage hatten sich überschlagen, und sie hatte nur das bewältigen können, was im Augenblick von ihr verlangt worden war. Diana war darüber verblüfft gewesen, wie Jimmy mit den Ereignissen fertig wurde, und er hatte sie umsorgt, als wäre sie die Schutzbedürftige.

Wenn Diana an die Jahre zurückdachte, die sie mit ihrem Vater zusammengelebt hatte, konnte sie sich nicht daran erinnern, auch nur ein einziges Mal mit ihm über irgendein vertrauliches Thema gesprochen zu haben.

Und doch machte sie sich nun Vorwürfe, daß sie ihn am Ende im Stich gelassen hatte. Wenn sie an jenem Abend zu ihm gegangen wäre und mit ihm gesprochen hätte, sagte sie sich, dann hätte sie vielleicht verhindern können, was geschehen war.

Sie stellte sich immer wieder die gleiche Frage, wenn sie die Ereignisse von neuem durchdachte, was ihr Vater mit ihr wohl hatte besprechen wollen. Hätte er seine Zurückhaltung aufgegeben und ihr von der Notlage berichtet, in der er sich befand und von dem einzigen Ausweg, der ihm möglich schien?

Diana wußte, daß sie niemals aufhören würde, sich Vorwürfe zu machen, weil sie seine Bitte leichtfertig ignoriert hatte.

Wie anders hätte alles verlaufen können. Und doch war sie ehrlich genug zuzugeben, daß Sir Robert vielleicht den richtigen Weg gewählt hatte.

Die Demütigung des Gerichtsverfahrens für einen Mann seines Temperaments und die Schande, zu einer notwendigerweise langen Haftstrafe verurteilt zu werden, wäre die Hölle für ihn gewesen.

›Es ist nicht wahr, es kann nicht wahr sein‹, dachte Diana.

Das Rattern des Zuges schien es in ihren Ohren zu wiederholen: ›Es ist nicht wahr, es kann nicht wahr sein!‹, während die Räder sich drehten und sie von ihrem Elternhaus forttrugen, das sie niemals wiedersehen würde.

Der Gedanke ängstigte sie, daß sie nun kein Heim mehr besaß, daß Mortons verloren war, ihre Pferde, und sie betete darum, daß diese freundliche Besitzer fänden, die sie ebenso liebten, wie sie es getan hatte.

Sie mußte daran denken, daß einer ihrer Hunde gerade Junge geworfen hatte, und sie fragte sich, was mit ihnen geschehen würde.

Diese trivialen Fragen kehrten in ihrem Geist immer wieder.

Jimmy hatte versprochen, dafür zu sorgen, daß ihre persönlichen Dinge gepackt und irgendwo für sie aufbewahrt wurden. Sie waren das einzige, was sie behalten durfte. Diana hatte angeboten, ihre Juwelen herzugeben, aber sowohl der Anwalt als auch Jimmy hatten es ihr nicht erlaubt.

»Du wirst sie brauchen«, hatte Jimmy gesagt. »Sie werden ein Notgroschen für dich sein. Wenn du sie verkaufen mußt, bringen sie dir etwas ein, allerdings unter diesen Umständen nicht viel, wie ich fürchte.«

»Ihr Angebot ist ganz und gar lobenswert«, hatte der Anwalt hochtrabend gesagt, »aber der Betrag, den Ihre Juwelen einbringen würden, wäre nur ein Tropfen auf den heißen Stein, wenn ich mir erlauben darf, das zu sagen – gemessen an den Defiziten Ihres Vaters, während die erlöste Summe für Sie von Nutzen sein könnte.«

Die beiden Reisenden in ihrem Abteil stiegen in Oxford aus, und Diana war allein. Sie öffnete ihre

Handtasche, nahm einen Brief heraus und las ihn langsam. Er war von Hugo. Es war der zweite Brief, den er ihr geschrieben hatte. Er klang freundlich, sehr rücksichtsvoll, und doch hatte Diana das unbehagliche Gefühl, daß er ihr nur schrieb, weil er sich verpflichtet fühlte, dies zu tun, und nicht, weil es ihm ein Anliegen war.

»Ich werde überempfindlich«, sagte sich Diana, und doch wußte sie, daß sie recht hatte, auch wenn der Gedanke sie schmerzte.

Hugos Worten fehlte die Spontaneität, die Wärme und Herzlichkeit. Diana versuchte, seine Gefühle zu analysieren und verstand, daß die Lage für ihn äußerst peinlich war.

Er hatte sie umworben, als sie die reiche Erbin gewesen war, er hatte sie begehrt und in jener Nacht auf den Stufen ihres Hauses nach ihr verlangt.

Aber am Tag darauf war sie das Mädchen gewesen, dessen Name in ganz Europa gebrandmarkt wurde, mittellos, mit nur wenigen Freunden und vielen Feinden.

Sie war immer noch das gleiche Mädchen, aber wer ist groß genug, um sich gegen die öffentliche Meinung zu stellen, um abzustreiten, daß materielle Dinge zählen und nicht zuzugeben, daß das, was die Leute über jene sagen, die wir schätzen, in einem gewissen Maß eine Rolle spielt?

Hugo hatte sich korrekt verhalten. Er hatte ihr geschrieben, er hatte sie wiedersehen wollen, er hatte ihr Blumen geschickt.

Diana war klar, daß er sich dessen bewußt gewesen war, wie tadellos er sich benommen hatte. Aber irgendwie konnte sie den Gedanken nicht ertragen, daß er sich wie ein Gentleman benahm, was ihre Verbindung anbetraf.

Sie schrieb ihm einen Dankesbrief und fügte hinzu: ›*Ich fahre für einige Zeit weg. Bitte mache Dir keine Sorgen um mich.*‹

Die Landschaft wechselte, bis Diana in der fruchtbaren Grafschaft des Vale of Evesham war. Sie mußte daran denken, wie unbeschwert sie erst vor zwei Wochen hierhergefahren war.

›Nun habe ich alles verloren‹, dachte sie, ›sogar meinen guten Namen. Aber ich lebe noch, ich bin immer noch am Leben.‹

Obwohl es ihr nicht bewußt wurde, kam sie zu dem Schluß, der die Grundlage jeder Philosophie seit undenklichen Zeiten war, der Grundstein, auf dem Gedanken und Verständnis aufgebaut werden, der einzige Fels, dessen der einzelne sicher ist:

»Ich bin ich.«

Siebentes Kapitel

Diana schlief friedlich in der Burg. Die kräftige Luft, die selbst an den heißesten Tagen kühl und belebend wirkte, machte sie schläfrig.

Der alte Wärter hantierte geschäftig und bemühte sich, ihr jeden Wunsch zu erfüllen. Er bestand darauf, daß sie die einfachen Speisen aß, die er ihr vorsetzte, und er war verletzt, wenn sie ein Gericht unberührt ließ, das er ihr gebracht hatte. Dann aß sie es, um ihm eine Freude zu machen, obwohl sie keinen Appetit hatte.

Die Gerichte waren köstlich, und Diana wußte, daß die meisten davon vom Huntsman's House kamen, aber sie wurden ergänzt durch ein paar Speisen aus der kleinen Küche des alten Mannes, und da sie ihm nicht wehtun wollte, wies sie diese nicht zurück.

Zum erstenmal in ihrem Leben war sie allein. In der ersten Nacht lag sie wach und beobachtete die Sterne. Sie hatte die Vorhänge an ihren Fenstern nicht zugezogen, und sie lauschte auf das sanfte Rauschen der Bäume im Nachtwind.

Sie hatte lange am Fenster gestanden, bevor sie zu Bett ging, und die Stille der Nacht und die Weite des Tals hatten ihrem Geist Frieden gebracht.

Sie fühlte sich ruhiger, weniger ängstlich, bereit, darüber nachzudenken, was zu tun war.

Der nächste Tag hatte Sonnenschein gebracht, und sie war über die Hügel gewandert, bis sie erschöpft war, und hatte dann die ganze Nacht in einem traumlosen Schlaf verbracht, der ihr neue Energie gab.

Auf dem Frühstückstisch hatte sie eine herzliche Nachricht von Loelia gefunden, die besagte, daß sie sich darauf freue, sie wiederzusehen, sobald sie sich in der Lage fühle, mit ihnen zusammen zu sein, und sie sollte bei ihnen bleiben, so lange sie wolle, und das tun, was sie wünsche.

So verstrichen einige Tage ereignislos, brachten Gesundheit und Kraft und wieder Farbe auf ihre Wangen, doch die Frage, wie sie ihre Zukunft gestalten sollte, stellte sich ihr immer dringlicher.

Diana fand, daß ihre Erziehung, so umfassend und teuer sie auch gewesen war, sie in keiner Weise darauf vorbereitet hatte, Geld zu verdienen und für ihren Lebensunterhalt zu sorgen.

Sie konnte sich in mehreren Sprachen gut genug unterhalten, um zu reisen und mit Ausländern Gespräche zu führen, aber sie kannte die Grammatik nicht genügend, um diese Sprachen unterrichten zu können.

Sie konnte reiten, hatte aber niemals in ihrem Leben ein Pferd versorgt.

Sie konnte gut mit einem Partner tanzen, aber sie hätte niemandem komplizierte Tanzschritte beibringen können.

Sie zweifelte auch an ihrer Fähigkeit, als Verkäuferin tätig zu sein. Sie hatte ihr ganzes Leben lang eingekauft, aber niemals etwas verkauft, nicht einmal auf einem Wohltätigkeitsbasar.

Diana lächelte, als sie daran dachte, wie oft sie als ›gebildet‹, als ›talentiert‹, als ›brillant‹ bezeichnet worden war, lauter Eigenschaften, mit denen sie keine Arbeit bekommen konnte, nicht einmal für ein Pfund in der Woche!

Nachdem sie fast fünf Tage auf der Burg verbracht hatte, erhielt sie einen Brief von Jimmy.

Ich habe eine Anstellung in einer Autowerkstatt in Chelsea gefunden, schrieb er. Es war ein außerordentlicher Glücksfall, da der Besitzer mit mir in Eton gewesen ist, ja, ich war sogar sein Fuchs. Er ist ein guter Kerl und hat mich unter der Bedingung genommen, daß ich meinen Namen ändere. Also, liebe Schwester, lösche Sir James Headley aus Deinem Gedächtnis und wende Dich an Jimmy Marlowe, Automechaniker. – P.S. Du solltest mich im Overall sehen!

Diana beneidete Jimmy um seinen Humor und seine Fähigkeit zu lächeln, was immer auch geschah, und sie schrieb ihm zurück und wünschte ihm Glück und versprach ihm, daß sie ihr möglichstes tun wolle, so erfolgreich zu sein wie er.

Sie setzte sich mit Bleistift und Papier an den Tisch und versuchte, Berechnungen anzustellen, wie sie mit ihren einhundertfünfundzwanzig Pfund im Jahr am besten auskommen könnte. Aber da sie keine Ahnung von den Lebenshaltungskosten hatte oder wo sie wohnen und wie sie ein billiges Zimmer finden sollte, stellte sie nach etwa einer Stunde fest, daß ihre Berechnungen zu nichts führten.

Sie fand es unmöglich, daß jemand mit so wenig Geld leben könnte, und selbst wenn sie zwei oder drei Pfund die Woche dazuverdienen würde, wußte sie nicht, wie sie mit so wenig Geld auskommen sollte.

Plötzlich nahm sie das Papier, zerriß es und brach in Tränen aus. Es schien alles so hoffnungslos zu sein, und da sie keine Lösung finden konnte, verlor sie ihre

Selbstbeherrschung, und das Vertrauen, das sie immer in sich selbst gehabt hatte.

Sie schlug die Hände vor das Gesicht, und die Tränen liefen zwischen ihren Fingern hindurch.

Sie versuchte nicht, sich zu beherrschen, und ließ sich unkontrolliert gehen.

Sie war verzweifelt, und zum erstenmal seit Jahren war sie wirklich natürlich. Sie war durch das Leben, das sie geführt hatte, nie völlig ungestört gewesen. Selbst in der Abgeschiedenheit ihres Schlafzimmers in der Park Lane oder auf dem Land war ihr Dienstmädchen jederzeit zur Hand, wenn sie den leisesten ungewöhnlichen Laut von sich gab.

Sie hatte nicht weinen dürfen. Sie mußte an ihr Gesicht denken. Sie hatte ihren Teint nicht ruinieren dürfen, der in wenigen Stunden von Bekannten gemustert werden könnte.

Menschen, Menschen überall, Sklaven des Geldes, wie sie selbst es gewesen war, Sklaven des Luxus, der einem eines vorenthält, und zwar die Intimität der Einsamkeit.

Es dauerte fast eine Stunde, bis Diana endlich zu weinen aufhörte. Sie trocknete sich ihre geschwollenen Augen, und obwohl sie vom Weinen erschöpft war, spürte sie irgendwie, daß ihr eine Last abgenommen worden war, eine Depression, die wie eine drohende Wolke über ihr geschwebt hatte.

Sie wusch sich das Gesicht ab und spürte, wie das kühle Malvern-Wasser ihrer heißen Haut wohltat.

Dann lief Diana die Steintreppe hinab und weiter zum Hügel.

Der Nachmittag war schon fortgeschritten, die Sonne stand hoch, und es war sehr warm.

Sie hatte sich von der Burg entfernt. Sie setzte sich auf einen umgestürzten Baumstamm und blickte über das Land, das vor ihr lag. Als sie hinter sich Schritte hörte, erschrak sie.

Sie drehte sich um und sah Barry Dunbar den Fußweg, der vom Huntsman's House heraufführte, entlangkommen.

Diana sprang auf, wollte fliehen, blieb aber unschlüssig stehen, weil ihr bewußt wurde, daß es zu spät war.

Barry kam lächelnd auf sie zu und gab ihr die Hand.

»Miß Headley! Ich habe nicht erwartet, Sie hier zu sehen!«

»Ich wohne in der Burg«, sagte Diana.

»Es tut mir leid, daß ich Sie gestört habe, aber ich hatte keine Ahnung, daß jemand hier oben ist. Ich war zuerst im Haus, stellte aber fest, daß Loelia und Jack zu einem Cricketspiel ausgegangen sind. Ich kam eigentlich nur her, um einige Unterlagen zu holen, die ich im Schreibtisch oben in der Burg habe liegenlassen. Ich dachte, ich gehe am besten gleich hinauf und hole sie selbst.«

Sie setzte sich wieder auf den Baumstamm, und Barry nahm ganz natürlich und ohne weitere Worte neben ihr Platz.

Sie schwiegen einen Augenblick, und dann streckte Barry ihr die Hand hin.

»Erlauben Sie mir zu sagen, daß es mir schrecklich leid tut«, sagte er.

Diana legte ihre Hand in die seine und spürte zu ihrem eigenen Verdruß, wie ihr die Tränen in die Augen traten.

Sie blickte vor sich hin und versuchte, die Tränen zurückzuhalten.

Barry hielt ihre Hand fest.

»Sie haben das behalten, worauf es ankommt«, sagte er.

»Und was ist das?« fragte Diana.

»Mut.«

Er stand abrupt auf und ließ sie allein.

Sie blieb still sitzen und fühlte sich ermutigt. Barry hatte es ernst gemeint. Sie wußte, daß er die Bemerkung nicht lediglich als Geste oder aus dem Bedürfnis heraus, mitfühlend zu sein, geäußert hatte.

Er hatte es ernst gemeint, und irgendwie war es ihr ungeheuer wichtig, daß er so über sie dachte.

Ein paar Minuten später kam er mit einem Packen Papier unter dem Arm wieder.

Er blieb neben ihr stehen, und sie sah ihn an.

»Danke«, sagte sie einfach.

Er nahm wieder ihre Hand.

»Ich weiß, daß das, was geschehen ist, von ungeheuerer Bedeutung für sie ist. Aber das wird nicht immer so sein. Das Leben ist ein Abenteuer. Gute oder schlechte Erlebnisse – sie alle sind Zufälle am Wegesrand. Das einzige, worauf es wirklich ankommt, ist das wahre Leben unter alledem. Und denken Sie daran, daß Sie das niemals verlieren.«

Er betrachtete die Landschaft, während er sprach, und Diana kam es so vor, als würden seine Worte alles lebendiger machen – das Leuchten des blauen Himmels, der mit weißen Wolken gesprenkelt war, das Land, die grünen Wiesen oder goldgelben Getreidefelder, die silbernen Flüsse und dunklen frischen Wälder – alles erhielt eine neue Großartigkeit.

Die Bäume direkt unter ihnen, deren Blätter im Sonnenlicht glänzten und deren Stämme rotgolden oder dunkel vom Efeu waren – Diana erkannte, daß alles lebte.

Die Erde unter ihren Füßen vibrierte von der Kraft des Wachstums. Jeder Grashalm, jede winzige Verästelung des smaragdgrünen Mooses – war lebend, war ein Teil ihrer selbst und sie war ein Teil von allem.

Es war so, als ob ihr dieses Bewußtsein durch die Berührung von Barrys Hand vermittelt wurde, als ob er ihr die Augen für die neue Welt geöffnet und ihr die Schönheit des wahren Lebens gezeigt hatte, das unberührt war von der Hektik der Städte und dem Trubel der Menschen.

Als er gegangen war, blieb sie sitzen und spürte, daß er ihr neue Hoffnung und großen Trost gegeben hatte.

Er besaß Kraft, dachte sie, die Kraft der Persönlichkeit, die so sichtbar war wie bei manchen Menschen die körperliche Kraft.

Und so absurd es ihr vorkam, hatte sie das Gefühl, daß er einer der wenige Freunde war, die ihr noch verblieben waren, und daß er aufrichtiger war als irgend jemand sonst, den sie kannte.

Am nächsten Morgen erhielt sie einen Brief von Mrs. Schniber, der sie überraschte.

Liebe Miß Headley,
mein Mann und ich würden uns freuen, wenn Sie so liebenswürdig wären, als Gesellschafterin unserer Tochter Ruth zu uns zu kommen.
Ich sprach darüber mit Miß Carter, und sie hält es für eine ausgezeichnete Idee.
Wir hätten Sie gern bei uns und glauben sicher, daß Sie mit Ruth gut auskommen würden. Wir sind be-

reit, Ihnen zweihundert Pfund im Jahr zu bieten und natürlich sämtliche Unkosten zu tragen.
Wir reisen in aller Kürze ins Ausland und hätten deshalb gern bald Ihre Antwort, ob Sie uns begleiten wollen.
Ich hoffe wirklich, Sie stimmen zu. Ihre ergebene
Esther Schniber.

Gesellschafterin von Ruth Schniber. Diana saß verwundert über diese Vorstellung da. Gleichzeitig dachte sie, wie außerordentlich freundlich es von Mary Carter gewesen war, diesen Vorschlag Mrs. Schniber zu unterbreiten.

Dianas erster Impuls war es, sofort abzulehnen. Aber dann wurde ihr klar, daß Bettler nicht wählerisch sein können.

Ruth Schniber in London zu begleiten, sich am Rande der Gesellschaft zu bewegen, die sie einst beherrscht hatte, dem Willen und den Launen der Schnibers mit ihrer gutmütigen Vulgarität unterworfen zu sein, war etwas, das sie sich nur schwer vorstellen konnte.

Doch nach ihrer gründlichen Selbstprüfung gerade an diesem Tag wußte sie, daß sie für etwas anderes ungeeignet war.

Die Vorteile waren natürlich die, daß sie ein Dach über dem Kopf hätte, und sie wußte, daß das angebotene Gehalt sehr großzügig war.

Sie würde weiterhin im Luxus leben, würde sich immer noch in der Welt bewegen, die sie gut kannte – aber mit was für einem Unterschied!

Während sie früher die Herrin gespielt hatte, wäre sie nun ein bezahlter Dienstbote, die Angestellte, die sich dem Willen des Arbeitgebers zu beugen hatte.

»Ich werde es nicht tun... Ich kann es nicht«, sagte Diana laut. Und dann sah sie Jimmys Brief auf dem Tisch liegen.

Jimmy hatte alles aufgegeben; er war nun ein gewöhnlicher Arbeiter in einer Autowerkstatt.

›Wenigstens konnte er seinen Namen ändern‹, dachte Diana.

Was sollte sie tun? Den ganzen Tag überlegte sie und schwankte zwischen Ja und Nein. Die Umstände zwangen sie, dankbar anzunehmen, aber in ihr selbst wehrte sich alles dagegen.

»Ich kann es nicht ertragen... ich kann nicht«, sagte sie sich immer wieder.

Am nächsten Tag traf ein Brief von Mary Carter ein, ein sehr freundlicher, mitfühlender Brief, der Diana klarmachte, wie sehr sie sich glücklich preisen konnte, ein solches Angebot erhalten zu haben.

> Die Schnibers reisen für einige Zeit ins Ausland, schrieb Mary Carter. Das ist ausgezeichnet, meine Liebe, denn wenn Sie zurückkommen, wird alles vergessen sein. Ich bin sicher, Sie werden sich klug entscheiden und die angebotene Stelle annehmen. Außerdem sind die Schnibers nette Leute, mit denen man gut auskommt.

›Alles würde vergessen sein.‹ Diana wußte das. Sie kannte die Gesellschaft zu gut. Wenn sie mit ihren alten Bekannten zusammentraf, würden die achselzuckend sagen: ›Diana Headley – du weißt doch, die Tochter des Betrügers, der sich erschossen hat‹, und man würde sich leichthin dem nächsten Skandal zuwenden.

Wenn sie doch ein Mann wäre, dachte Diana, dann

könnte sie ihren Namen ändern und ins Ausland gehen, um ein neues Leben zu beginnen, gleichgültig wie, selbst als Straßenkehrer, ohne den Leuten über den Weg laufen zu müssen, die sie früher gekannt hatten.

»Wenn Wünsche Flügel hätten!« Diana nahm ihren Stift und schrieb, daß sie den Posten als Gesellschafterin von Ruth Schniber annahm.

Vierzehn Tage später trat sie ihre Stelle an.

Sie fand bald heraus, daß Mrs. Schniber diejenige in der Familie war, mit der am schwierigsten umzugehen war.

Ruth war gutmütig, träge und neigte zum Neid, aber im ganzen gesehen war sie so warmherzig, daß man sie gern haben mußte.

Mr. Schniber hatte so viel zu tun, daß Diana ihn nur am Abend sah, wenn er müde nach Hause kam. Er war leicht gereizt, bevor er sein Essen bekam, behandelte sie aber mit Hochachtung und Höflichkeit, die sie schätzte, zumal sich das Personal ihr gegenüber sehr unterschiedlich verhielt.

Mrs. Schniber pendelte zwischen einem familiären Ton und Verdrossenheit, als wisse sie nicht recht, ob Diana das Geld wert sei, das sie ihr bezahlte.

Bald nach ihrer Ankunft wurde Diana klar, daß eines der Argumente, mit denen Mary Carter Mrs. Schniber dazu überredet hatte, sie einzustellen, ihre Vertrautheit mit den Angehörigen der höheren Gesellschaft war, die die Schnibers kennenlernen wollten.

Von ihrem Standpunkt aus war es bedauerlich, daß es Dianas einziger Wunsch war, nicht mit ihren früheren Bekannten zusammenzutreffen.

Aber ihre Tätigkeit als Gesellschafterin war während der ersten Tage nicht besonders anstrengend.

Diana begleitete Ruth zum Einkaufen und tat ihr möglichstes, sie davon abzuhalten, geschmacklose, auffällige Dinge zu kaufen, die sie bevorzugte, und sie zu überreden, statt dessen schlichte, gutgeschnittene Kleider zu wählen, die zu ihrem etwas strengen Äußeren paßten und ihre offensichtliche Neigung, Gewicht anzusetzen, einigermaßen verbargen.

Nach dem Einkauf aßen sie im ›Ritz‹ zu Mittag oder einem anderen Restaurant, wo Ruth elegante Menschen zu sehen hoffte. Am Nachmittag fuhren sie mit dem Wagen aus, gingen ins Kino oder blieben zu Hause und Ruth ruhte sich aus.

In einer Hinsicht waren die Schnibers sehr orientalisch – sie waren entweder außer Haus oder im Bett. Sie kamen nicht auf die Idee, in den Salons ihres luxuriösen neuen Heims zu sitzen, sich miteinander zu unterhalten oder zu lesen.

Sowohl Mrs. Schniber als auch Ruth standen spät am Morgen auf, dann zogen sie ihre besten Kleider an und gingen aus.

In dem Augenblick, in dem sie zurückkamen, wechselten sie die Kleider, in der Absicht, ihr ›bestes Stück‹ zu schonen, zogen etwas Bequemeres an und legten sich auf ihre Betten.

Diana fand, daß ihr dies gerade recht war. So hatte sie Zeit, in ihr eigenes Zimmer zu gehen, zu lesen oder zu schreiben, wenn ihr danach zumute war.

Am schwersten fiel es Diana, mit dem Personal umzugehen. Zuerst war sie überrascht gewesen über die herablassende Art der höhergestellten Dienstboten und über die unverhohlene Unverschämtheit von Seiten der jüngeren.

Und wie die meisten Menschen, die Geld gemacht hatten und so weit aufgestiegen waren, daß sie sich eine große Dienerschaft leisten konnten, fürchteten sich die Schnibers vor ihrem eigenen Personal.

Entweder schikanierten sie die Leute, oder sie baten sie um alles, was sie haben wollten.

Der Butler, er war von der alten Schule, war in Wirklichkeit ein außerordentlich tüchtiger Mann, aber er verachtete seinen neuen Herrn gründlich und bemühte sich kaum, seine Gefühle zu verbergen.

Das übrige Personal richtete sich offensichtlich nach ihm.

Die schlimmste von allen, soweit es Diana betraf, war Mrs. Schnibers Zofe, die unglücklicherweise mit einem jungen Mann befreundet war, der bei dem Headley-Skandal ein paar Pfund verloren hatte.

Sie behandelte Diana von dem Augenblick an, in dem sie das Haus der Schnibers betrat, wie eine Ausgestoßene und versäumte selten eine Gelegenheit, spitze Bemerkungen über Dianas Herkunft zu machen.

Wenn Diana in Mrs. Schnibers Zimmer war, während diese sich ankleidete, verschloß die Zofe ostentativ den Schmuck und packte ihn mit einer Selbstgerechtigkeit weg, die aber eher komisch als diskriminierend wirkte.

Im ganzen gesehen waren die Schnibers sehr freundlich zu Diana, und es war nicht deren Schuld, daß sie sich so verloren vorkam, wenn man ihr befahl, dieses oder jenes zu tun, die Treppe hinaufzulaufen und dieses oder jenes zu holen, und daß sie ihre Vorlieben und Abneigungen nicht zeigen konnte.

Mrs. Schniber besaß eine scharfe, bissige Zunge, und da sie sehr temperamentvoll und natürlich war, ließ sie ihren Ärger stundenlang an ihrer Tochter und an Diana aus, wenn jemand zu ihr unhöflich gewesen war.

Diana hielt sich nur mit Mühe davon ab, einige ihrer Freunde leidenschaftlich zu verteidigen, die auf eine solche Weise von Mrs. Schniber angegriffen wurden.

Diana erkannte bald, daß es nutzlos war, etwas anderes zu tun, als Mrs. Schniber zuzustimmen, die im Zimmer auf und ab schritt, wobei sie schwer keuchte und ihre zahlreichen Juwelen im Zorn rasseln und klimpern ließ, und fragte:

»Und warum sprach sie nicht mit mir? Das möchte ich zu gern wissen. Habe ich sie nicht erst letzte Woche kennengelernt? Habe ich nicht hundert Pfund für ihren Wohltätigkeitsball gestiftet? Und doch schneidet sie mich! Sie ist eine widerliche Person, sage ich Ihnen. O ja – sie glaubt, sie kann sich benehmen, wie sie will, nur weil ihr Vater ein Herzog war!

Nun, ich sage Ihnen, eine ganze Menge Leute wissen, was zwischen ihr und dem gutaussehenden Gutsverwalter vorgeht – o ja, eine ganze Menge Leute! Finden Sie, daß man sich so benimmt? Und doch wagt sie es, mich zu schneiden – mich, die ich mein Leben lang anständig war!

Sie ist eine unsittliche Person, Lady hin oder her! Es gibt eine Menge nette Dinge über sie zu erzählen, und außerdem werde ich ihr kein Geld mehr geben. Sie bekommt keinen einzigen Penny mehr von mir!«

Die Tirade ging endlos weiter, oft über eine eingebildete Beleidigung oder auch über eine tatsächliche.

Denn die Menschen, um die sich Mrs. Schniber bemühte, hatten keine Bedenken, große Schecks von ihr für ihre Wohltätigkeitsbälle anzunehmen, ihr dort zu schmeicheln, sie bei Komitee-Sitzungen zu überreden, Geld zu spenden, das ihr Mann schwer verdient hatte, und dann ihren freundlichen Gruß zu übersehen, wenn sie ihr später begegneten.

Diana wußte manchmal nicht, wen sie mehr verabscheuen sollte – Mrs. Schniber wegen ihrer absurden Vornehmtuerei oder die Menschen, die von ihrer Herkunft und ihrer Position Gebrauch machten, um von dieser einfältigen, ehrgeizigen Frau Geld zu erbetteln, und deren Großzügigkeit nicht einmal mit Höflichkeit erwiderten.

Nur wenige von Dianas früheren Bekannten nahmen zur Kenntnis, daß sie nach London zurückgekommen war. Eine Woche nachdem Diana ihren Dienst bei den Schnibers im Haus am Grosvenor Square angetreten hatte, reisten sie zusammen nach Monte Carlo.

Diana hatte gehofft, sie würden den Sommer ruhig verbringen, aber sie wurde enttäuscht. Ende Juli waren sie alle fieberhaft am Packen, nachdem sie eine anstrengende Zeit damit verbracht hatten, Strandkleidung, Badeanzüge, Segelkleidung für den Süden zu kaufen.

Vergeblich hatte Diana Mrs. Schniber davon zu überzeugen versucht, daß sie keine komplette Segelkleidung brauchte, da sie nur eine kleine Yacht gekauft hatten, die sie mehr oder weniger nur als aufgetakeltes Motorboot benutzten. Doch Mrs. Schniber beharrte darauf, und Diana war erleichtert, daß die Segelmütze und das Jackett mit den Messingknöpfen selten getragen wurden, weil sowohl Mrs. Schniber als auch Ruth schon beim kleinsten Wellengang seekrank wurden.

In Monte Carlo trafen sie die übliche Menge dicker und magerer Frauen, die sich zu einem tiefen Schokoladenbraun zu verfärben begannen, und es wimmelte von den unvermeidlichen Gigolos, die wie Geier auf eine reiche Beute warteten, egal welchen Alters oder welchen Aussehens.

Es gab reiche alte Männer, die eine senile Befriedigung darin fanden, jungen Mädchen beim Baden zuzusehen oder das neueste Varieté, in dem halbnackte Mädchen auftraten, zu besuchen.

Es gab lässige, gelangweilte Frauen, die die neuesten Pariser Modelle zur Schau trugen und hochmütig durch die Straßen schlenderten und das Aufsehen genossen, das ihr Erscheinen bei ihrem eigenen Geschlecht erregte.

Es gab Spieler, die mit knochigen Fingern jeden Franc umklammerten, den sie gewonnen hatten, und Spieler, die ihre *milles* auf den Tisch warfen und so taten, als berühre sie das Ergebnis nicht und die Achseln zuckten, wenn sie verloren.

Und es gab wenige ungebundene junge Männer, die man als begehrenswert hätte bezeichnen können.

Mrs. Schniber bemerkte dies bald, und sie protestierte laut und lange über den Zustand der Welt und darüber, daß es nicht Hunderte von gutaussehenden, reichen Herren gab, die Ruth hätte kennenlernen können.

»Ich habe noch nie eine so erbärmliche Sippschaft beisammen gesehen«, sagte sie, als sie neben dem Schwimmbecken saß. Ihre üppige Figur war grotesk in einen blaugefleckten Pyjama mit einem orangefarbenen Gürtel gezwängt.

Mrs. Schniber hielt die mit Diamanten besetzte Lorgnette vor die Augen und musterte die Gesellschaft mit verächtlichen Blicken.

»Sagen Sie es mir wenn Sie jemanden sehen, den Sie

kennen oder über den Sie etwas wissen, Diana«, sagte sie. »Da ist natürlich diese Lady Dashley – sie besitzt keinen Penny, und doch ist sie überall dabei. Ich verstehe das nicht, wirklich nicht. Als ob sie so gut aussehen würde, daß jedermann für sie bezahlen möchte! Wer ist dieser Herr, der eben die Treppe herunterkommt? Ich habe ihn schon irgendwo gesehen.«

Diana blickte dorthin, wo der dicke, juwelengeschmückte Finger hindeutete, und wen sah sie in Begleitung eines großen blonden Mädchens die Treppe herunterkommen? Hugo.

Einen Augenblick stieg Diana das Blut in die Wangen, und sie spürte, wie sie purpurrot wurde. Sie öffnete ihre Handtasche, holte ein Taschentuch heraus, und einen Augenblick später war ihre Hand wieder ruhig und sie hatte sich unter Kontrolle.

Hugo und das blonde Mädchen kamen direkt auf sie zu. Als sie sich ihren Stühlen näherten, sah Hugo Diana.

»Diana!« rief Hugo und streckte ihr beide Hände hin.

Diana brachte es fertig, beiläufig »Hallo, Hugo!« zu sagen und stellte ihn rasch Mrs. Schniber vor.

Mrs. Schniber war entzückt.

»Natürlich sind wir uns schon begegnet, Lord Dalk«, sagte sie. »Ich erinnere mich gut an Sie. Ich sagte eben zu Diana, als ich Sie die Treppe herunterkommen sah: ›Das ist doch Lord Dalk‹. Wir sind eben angekommen. Bleiben Sie hier unten? Sie müssen meine Tochter kennenlernen und auf unsere Yacht kommen – wir haben hier nämlich eine. Nur eine kleine, wissen Sie, zum Herumkreuzen. Ich sagte zu meinem Mann, wir brauchen keine große – nur etwas Kleines, damit wir nette Bootpartys geben können. Es ist so herrlich, sich von all den vielen Leuten abzusetzen, finden Sie nicht auch, Lord Dalk?«

Hugo antwortete ihr höflich, und dann wandte er sich an Diana.

»Wo wohnst du?« fragte er.

»Bei uns«, sagte Mrs. Schniber, ehe Diana antworten konnte. »Kommen Sie doch heute abend zum Essen zu uns. Es wäre sicher nett für Sie und Diana, über die alten Zeiten zu sprechen, und ich hätte es gern, wenn Sie meine Tochter sehen. Ich weiß, sie wird sich freuen, Sie wiederzusehen.«

Hugo wirkte verwirrt, aber er lehnte die Einladung zum Dinner mit einer Entschuldigung ab.

»Leider bin ich zum Essen schon verabredet«, sagte er. »Aber vielleicht sehen wir uns danach im Casino. Sie kommen doch sicher zum Spielen?«

»Natürlich«, sagte Mrs. Schniber strahlend.

»Dann sehe ich dich später, Diana«, sagte Hugo, als seine blonde Begleiterin ihm von einem der Stühle am Schwimmbecken aus Zeichen gab, wo sie sich hingesetzt hatte. »Ich muß unbedingt mit dir sprechen, Diana«, fügte Hugo mit gedämpfter Stimme hinzu und eilte davon.

»Das ist ein sehr netter junger Mann«, sagte Mrs. Schniber. »Ich erinnere mich daran, wie ich ihn auf dem Ball, den wir gaben, kennengelernt habe. Ich fand schon damals, daß er gut aussah, und Mary Carter sagte mir später, er gelte als gute Partie. Ich bin gespannt, ob er sich für Ruth interessieren wird.«

»Sicher«, sagte Diana.

»Schön, wir werden ihn heute abend sehen«, sagte Mrs. Schniber. »Ich frage mich, welches Kleid Ruth am besten anzieht. Alle Kleider, die Sie ihr in London gekauft haben, mißfallen mir. Ruth sieht in Kirschrot immer am besten aus. Ich habe sie als Kind selten andersfarbig gekleidet. Kirschroter Samt im Winter und kirschrote Seide im Sommer – sie sah reizend darin aus, kann ich Ihnen sagen. Die Leute sagten immer zu mir: ›Mrs. Schniber, Sie werden Ihren Gatten noch ruinieren, wenn Sie sein ganzes Geld für das Kind ausgeben‹. Aber ich sagte immer, es lohne sich für Ruth. Oh – da kommt sie ja.«

Mrs. Schniber unterbrach sich, als Ruth auf sie zukam.

Sie sah wirklich reizend aus, dachte Diana, in ihrem einfachen, gutgeschnittenen Strandkleid mit einem großen, weißen Leinenhut, der ihr Gesicht beschattete. Ruth beherzigte die Ratschläge, und Diana hatte ihr empfohlen, die Unmengen breiter Armbänder, die sie so liebte, nicht zu ihrer Strandkleidung zu tragen und auch die viel zu großen Perlen wegzulassen.

Schmucklos, ohne irgendwelche auffallenden Accessoires, sah sie an diesem Morgen wirklich hübsch aus. Sie ging ein wenig befangen, aber langsam an den langen Reihen der Sonnenbadenden vorbei auf ihre Mutter zu.

»Ruthie«, sagte Mrs. Schniber aufgeregt, »mit wem glaubst du wohl, haben wir eben gesprochen, und wer hat eigens darum gebeten, dich heute abend im Casino zu sehen? Lord Dalk! Du erinnerst dich doch an ihn, nicht wahr?«

»Natürlich«, erwiderte Ruth, »aber ich glaube nicht, daß er extra darum gebeten hat, mich zu sehen. Er ist Dianas Freund, wie du weißt.«

»O nein, das ist er nicht«, sagte Diana rasch.

»Dianas Freund«, wiederholte Mrs. Schniber. »Ja,

jetzt erinnere ich mich – Sie haben ihn auf unseren Ball mitgebracht, nicht wahr, Diana? Jedenfalls sagte er, er würde dich heute abend gern sehen, Ruthie, und er hat nicht damit gerechnet, Diana hier anzutreffen. Ich denke...«

Sie hielt plötzlich inne, aber Diana konnte sich leicht vorstellen, was sie hatte sagen wollen.

Diana dachte daran, daß Hugo seit dem Finanzskandal nicht mehr so interessiert an ihr war wie vorher.

Es war besser, der Wahrheit ins Auge zu sehen, dachte sie. Gott weiß, daß ich mir nichts vormache.

Sie stand auf.

»Darf ich kurz ins Hotel gehen?« fragte sie. »Ich habe dort etwas vergessen.« Und dann fügte sie hinzu: »Ich versichere Ihnen, Mrs. Schniber, ich bin aus dem Rennen, was Lord Dalk anbetrifft. Außerdem bin ich sicher, daß er sich freuen wird, Ruth wiederzusehen. Soll ich für das Dinner einen Tisch im Casino bestellen?«

Mrs. Schniber nickte.

»Ja, tun Sie das. Es ist eine gute Idee.«

Diana ging langsam zum Hotel. Es war zu heiß, um rasch zu gehen. Die Kuppen der Berge hoch über Monte Carlo bildeten eine perfekte Sonnenfalle, und es herrschte eine Hitze fast wie in einem Backofen.

Diana trat ans Fenster und sah auf das ruhige Meer hins. Es war ein Schock für sie gewesen, Hugo wiederzusehen. Es schien lange her zu sein, seit sie ihn zum letztenmal gesehen hatte, als sie seinen Gutenachtkuß gespürt und seinen Bitten zugehört hatte, sie möge ihn für einen Augenblick in das Haus einlassen.

Wie froh war sie jetzt, daß sie ihn abgewiesen hatte. Der Gedanke wäre unerträglich gewesen, mit ihm geflirtet und gelacht und ihn vielleicht ermutigt zu haben, während ihr Vater tot dalag – in jener Nacht, die ihr ganzes Leben verändert und ihre Existenz bis zur Unkenntlichkeit verwandelt hatte.

Sie fragte sich, was Hugo ihr so dringend sagen wollte. Es gab so wenig, was er sagen konnte. Und doch war sie jetzt irgendwie froh, daß sie sich getroffen hatten.

Sie hatte sich vor diesem Wiedersehen gefürchtet.

Wenn sie in London mit Ruth ausgegangen war, hatte sie gegen ihren Willen in jedem Restaurant die Türen beobachtet, und jeder zweite Mann, der eintrat, hatte ihr Herz schneller schlagen lassen, weil sie fürchtete, es könnte Hugo sein, denn bei fast allen entdeckte sie in der Kopfhaltung und in der Art, wie er die Schultern durchdrückte, eine Ähnlichkeit mit ihm.

Nun hatte das gefürchtete Wiedersehen stattgefunden, und irgendwie war es nicht so schrecklich gewesen, wie sie es sich vorgestellt hatte.

Erleichtert nahm sie ihre Tasche und verließ rasch das Zimmer.

Als sie um die Ecke des Korridors zum Lift ging, stieß sie mit einem großen, gutaussehenden jungen Mann mit hellem Haar und blauen Augen zusammen, der über die Wucht des Zusammenpralls lachte und sie am Fallen hinderte, indem er sie mit beiden Händen festhielt.

»Das tut mir leid«, sagte Diana entschuldigend.

»Mir auch«, erwiderte er. »Nein – wenn ich es mir recht überlege, tut es mir nicht leid! Ich glaube, dies ist eine Vorstellung, finden Sie nicht?«

Er lächelte sie so freundlich an, daß Diana unwillkürlich lachen mußte.

»Gewiß nicht!« wollte sie ernst sagen, aber sie mußte

sein Lächeln erwidern. Er war so jung und so voller Leben.

Sie erinnerte sich daran, daß sie ihn am Abend zuvor aus der Ferne im Casino gesehen hatte. Sie wäre keine Frau gewesen, wenn sie nicht bemerkt hätte, daß seine Blicke bewundernd auf ihr ruhten.

»Bitte«, sagte sie flehentlich.

Dann bückte er sich und hob ihre Tasche auf, die zu Boden gefallen war.

Es war eine weiße Segeltuchtasche, eine jener teuren, eleganten Taschen, für die Diana das bezahlt hatte, was jetzt beinahe ein Monatslohn von ihr war. Quer über einer Ecke der Tasche stand ihr Name in Chromlettern: ›Diana‹.

Der junge Mann überreichte ihr mit einer Verbeugung die Tasche.

»Der Name ist in mein Herz eingraviert«, sagte er.

Diana lachte wieder. Es war lange her, seit sie so unbeschwert mit jemandem gelacht hatte.

»Ich muß gehen«, sagte sie.

»Schenken Sie mir heute abend einen Tanz?« fragte er.

»Gewiß nicht«, erwiderte sie.

»Bitte«, sagte er. »Bitte, Diana.«

Sie schüttelte den Kopf und betrat den Lift.

»Adieu«, sagte sie zurückhaltend.

»Bis heute abend«, antwortete der junge Mann unverbesserlich, als der Lift Diana abwärts trug.

»Diana, ich muß mit dir sprechen.«

Hugo nahm ihren Arm und führte sie rasch und zielstrebig durch die Tür des Casinos auf die Terrasse, von der aus man das Meer sah.

»Ich habe seit über einer Stunde versucht, mit dir zu sprechen«, sagte er ärgerlich. »Aber ich wurde von dieser entsetzlichen alten Frau aufgehalten.«

»Sie ist meine Arbeitgeberin«, antwortete Diana.

»Deine was?«

»Ich bin die Gesellschafterin ihrer Tochter Ruth.«

»Guter Gott!« rief Hugo. »Diana, das ist unmöglich! Das kannst du nicht machen! Du kannst nicht... es sind unglaubliche Leute...«

»Mein lieber Hugo«, unterbrach ihn Diana energisch. »Was erwartest du? Schließlich gab mir niemand sonst Arbeit, wie du weißt.«

»Sprich nicht so«, sagte Hugo verstimmt. Er nahm ihre Hand. »Diana, Liebste, ich habe dich so vermißt. Du hast meinen letzten Brief nicht beantwortet. Warum nicht?«

»Ich hatte dir nichts mitzuteilen«, antwortete sie einfach.

»Ich wollte dich sehen, ich wollte dich besuchen«, fuhr Hugo fort. »Aber ich hatte irgendwie das Gefühl, daß du eine Weile allein sein wolltest. Ich rief einmal in der Park Lane an. Dort hatte man keine Ahnung, wo du warst. Oder hast du ihnen Anweisungen gegeben, es mir nicht zu verraten?«

»Es hat sich vieles verändert, Hugo«, sagte Diana. »Ich muß meinen Lebensunterhalt verdienen. Und obwohl meine augenblickliche Beschäftigung nicht gerade eine angenehme Arbeit ist, bin ich für keine andere besonders geeignet.«

»Aber bei solchen Leuten, Diana! Diese Frau ist unmöglich! Ich konnte sie nicht wieder loswerden. Sie heftete sich an mich wie eine Klette. Du könntest doch sicher passendere Leute finden.«

»Oh, sie sind nicht so übel«, sagte Diana.

Etwas in ihr sträubte sich vage gegen Hugos Überheblichkeit. Schließlich waren die Schnibers die einzigen Menschen gewesen, die ihr eine Stellung angeboten hatten.

»Diana, du mußt eine andere Beschäftigung finden«, sagte Hugo. »Ich werde für dich etwas suchen, etwas Passenderes als diese Stelle, etwas, wo wir einander oft sehen können.«

»Ich bin recht zufrieden bei ihnen«, sagte Diana.

Hugo will für mich eine Arbeit suchen, dachte Diana bitter. Noch vor einem Monat hatte er sie bedrängt, eine ganz andere Stellung zu akzeptieren.

Sie hatte von Anfang an gewußt, daß ihre Freundschaft keiner Prüfung standhalten würde, aber obwohl sie dies erwartet hatte, war die Erkenntnis, wie sehr sich die Dinge verändert hatten, irgendwie bitter.

Sie beugte sich über das Terrassengeländer und wandte das Gesicht von Hugo ab. Ihr Kopf war eine Silhouette in dem schwachen Licht vor dem dunklen Himmel, und sie war sehr schön.

Leise Musik drang zu ihnen, vermischt mit dem sanften Plätschern der Wellen unter ihnen.

Hugo streckte plötzlich seine Hände aus und zog sie fest an sich.

»Diana«, sagte er heiser, »Liebste, ich habe mich so nach dir gesehnt.«

Er küßte sie leidenschaftlich. Sie lag passiv in seinen Armen. Aber als er sie losließ, wandte sie sich von ihm ab. Etwas war geschehen, sagte sie sich, Hugos Kuß hatte in ihr keine Reaktion ausgelöst.

Die alte magnetische Anziehungskraft, die sie unweigerlich bei seiner leichtesten Berührung empfunden hatte, war verschwunden. Es war vorbei; die Kraft, die er immer gehabt hatte, sie oberflächlich für ihn zu begeistern, die seine Küsse so aufregend gemacht hatte, war gebrochen.

Und in diesem Augenblick spürte sie, daß ihre Hände ruhig auf der Marmorbrüstung lagen, und sie empfand eine ungeheure Erleichterung.

Sie hatte sich vor der Begegnung mit Hugo gefürchtet, sie hatte gefürchtet, daß er sie verletzen könnte, gefürchtet, daß er auch nur einen Teil von ihr nehmen und sich zueigen machen könnte.

Das alles war vorbei. Es war so, wie wenn man in einem Alptraum plötzlich feststellt, daß man träumt.

Hugo küßte ihre Schultern, murmelte Zärtlichkeiten und versuchte, sie wieder in die Arme zu nehmen.

Sie spürte, daß er nun ein völlig Fremder war, jemand, der sie so wenig anging, daß sie sich fragte, weshalb sie sich jemals vor einem Wiedersehen mit ihm gefürchtet, ja weshalb sie überhaupt an ihn gedacht hatte.

»Diana, ich will dich«, sagte Hugo immer wieder. »Ich will dich.«

Und plötzlich lachte Diana. Sie lachte laut, drehte sich um, sah ihm ins Gesicht und schob ihn dann sanft von sich weg, indem sie beide Hände auf seine Brust legte.

»Guter Hugo«, sagte sie und ihre Stimme klang leicht amüsiert, »wie wunderbar du davongekommen bist.«

Hugo erschrak augenscheinlich über ihre Offenheit. »Diana, hör mir zu.«

Sie hakte sich bei ihm ein und ging mit ihm zurück ins Casino.

»Hugo, sei nur ein einziges Mal ehrlich und sieh die komische Seite daran – denn es ist wirklich komisch«, sagte sie lachend.

»Ich verstehe dich nicht«, sagte er.

Sie wußte, daß er durch ihr Verhalten aus der Fassung gebracht und beunruhigt war.

»Und ich beginne gerade, mich selbst zu verstehen«, erwiderte sie und schlüpfte in den Saal.

Zu ihrer Erleichterung tanzte Ruth. Diana wußte, daß Mrs. Schniber glücklich am Bakkarat-Tisch war. Als sie einen Augenblick unschlüssig dastand, nahm jemand ihre Hand.

»Ich freue mich, daß Sie meinen Tanz nicht vergessen haben«, sagte eine Stimme, und im nächsten Augenblick tanzte sie mit dem jungen Mann durch den Saal.

»Guten Abend«, sagte er und sah mit lachenden Augen auf sie herab. »Sie sehen schelmisch aus, Diana. Welcher arme Teufel hat dafür bezahlen müssen?«

»Das ist näher an der Wahrheit, als Sie ahnen«, antwortete Diana. »Aber ich möchte betonen, daß ich nicht vorhatte, heute abend mit Ihnen zu tanzen.«

»O doch, das hatten Sie«, erklärte ihr Tanzpartner. »Als ich mich vor dem Essen umzog, warf ich eine Münze und sagte mir: ›Bei Kopf kommt sie, bei Zahl kommt sie nicht‹, und es erschien dreimal Kopf.«

»Dann haben Sie gemogelt«, antwortete Diana.

»Ich heiße übrigens Terry«, fuhr er fort.

»Irisch?«

»Teilweise«, erwiderte er.

Er war ein sehr guter Tänzer, und Diana gab sich dem Genuß der Musik und der unbeschwerten Fröhlichkeit ihres Begleiters hin.

Sie hatte noch nie jemanden kennengelernt, der den Eindruck vermittelte, das Leben mehr zu genießen. Es lag nicht an dem, was er sagte, es war die bloße Tatsache, daß er vor Lebensfreude, Vitalität und Begeisterung zu strahlen schien. Sie kam zu dem Schluß, daß er nicht viel älter als vierundzwanzig Jahre sein konnte.

»Kommen Sie mit hinunter und essen Sie mit mir«, sagte er, als die Musik endete.

»Ich glaube nicht, daß ich das kann«, erwiderte Diana. »Ich muß mich um das Mädchen mit dem dunklen Haar dort drüben kümmern.«

Als sie zögerte, sah sie zu ihrem Erstaunen Ruth zu Hugo unter der Tür treten, und als die Kapelle wieder spielte, begannen sie zu tanzen.

»Ihre Dienste sind offensichtlich nicht erforderlich«, sagte Terry, und Diana folgte ihm die Treppe hinunter.

›Hugo tanzt mit Ruth‹, dachte sie verwundert.

Nun, Mrs. Schniber hatte ihren Willen bekommen, und als sie am Spielsaal vorbeikamen, konnte Diana nicht wiederstehen, sie schlüpfte für einen Augenblick hinein und ging zu Mrs. Schniber. Vor ihr lag ein Stapel Chips. Mrs. Schnibers Blick war unverwandt auf die Karten gerichtet, und ihre Hand zuckte ein wenig, wenn sie gewann oder verlor.

Mrs. Schniber war keine gute Spielerin, aber eine sehr vorsichtige. Wenn sie ein paar *milles* gewann, war der Abend für sie gerettet, sie hatte jedoch das Gefühl, daß es schicker war, so zu tun, als ob sie im Spiel kein Glück hätte.

Egal, wieviel sie gewann, sie gab niemals zu, daß es etwas mehr war als ›knapp über dem Einsatz‹, und Diana hörte sie oft vor engeren Bekannten über ihr Pech beim Kartenspiel klagen, obwohl sie wußte, daß Mrs. Schniber viel zu vorsichtig war, um je dem Casino Gewinn einzubringen.

Jetzt eilte Diana zu ihr und sagte:

»Ich gehe nur rasch etwas essen, Mrs. Schniber. Ruth ist versorgt – sie tanzt mit Lord Dalk.«

Mrs. Schniber strahlte sie an.

»Das ist gut«, erwiderte sie, »sehr gut.«

»Läuft das Spiel gut?« fragte Diana.

»Die Karten sind schrecklich gegen mich«, sagte Mrs. Schniber. »Ich habe offenbar überhaupt kein Glück.«

Aber ihre Stimme klang nicht so traurig, wie man hätte erwarten sollen, und Diana hatte den Eindruck, daß ihr Pech nur vorgetäuscht war.

Diana ging zu Terry zurück und stellte fest, daß er bereits einen Tisch für sie gefunden und eine Flasche Champagner bestellt hatte.

Als sie ihm gegenübersaß und nur ein kleines rosafarbenes Licht zwischen ihnen brannte, die Sterne über ihnen leuchteten und die Wellen gegen die schwimmende Bühne plätscherten, die Kapelle einen verträumten Walzer spielte und die Kellner herbeieilten, um ihnen Kaviar zu servieren und ihre Gläser nachzufüllen, kam es Diana so vor, als wäre sie in ihr früheres Leben zurückgekehrt.

Wie oft hatte sie in den vergangenen Jahren so wie jetzt dagesessen, vielleicht sogar an dem gleichen Tisch, hatte gelacht und sich unterhalten, glücklich und selbstbewußt und sicher, daß ihr der nächste Tag keine unangenehmen Überraschungen bringen würde abgesehen von einem flüchtigen Ärger über irgendeine Belanglosigkeit, die so unwichtig war, daß man sich fünf Minuten später nicht mehr daran erinnerte.

Wie absurd war es, daß die Menschen sich über die nebensächlichsten Dinge im Leben erregten und über zweitrangige Störungen in der Behaglichkeit ihrer Existenz gereizt waren, dachte Diana jetzt.

Ein verpaßter Zug, ein lahmendes Pferd, ein schlecht sitzendes Kleid, ein vergeßlicher Dienstbote – wie oft hatten solche Dinge Stunden ihres Lebens verdorben, die glücklich hätten sein können, weil es keine schwerwiegenden Mißhelligkeiten gewesen waren.

Und doch war es merkwürdig, daß die meisten Menschen, wenn etwas wirklich Gravierendes geschah, es im Grunde gefaßt aufnahmen, während sie Nichtigkeiten zur Raserei treiben konnten.

Noch vor einem Jahr hatte sie ebenso empfunden.

Jetzt, da sie es mit anderen Augen sah, schätzte sie das Abenteuer mit Terry und genoß jeden Augenblick davon.

Er lachte und neckte sie und sprach über die Leute in ihrer Nähe, bis Diana herzlich und glücklich lachte, wie seit vielen Monaten nicht mehr.

»Sie lachen bezaubernd«, sagte Terry.

Sie lächelte ihn an.

»Und Sie wissen, daß unser Benehmen äußerst unschicklich ist«, sagte sie. »Wir lesen einander im Korridor auf, essen zusammen zu Abend – es kommt mir vor wie die Eröffnung eines prickelnden Abenteuers.«

»Ich weiß, entweder werden Sie meine Uhr klauen oder ich werde Ihre Juwelen an mich nehmen«, erwiderte Terry lachend.

»Die können Sie gern haben«, sagte Diana und hielt ihm ihren Arm hin, der nur von einem Glasarmband geschmückt war, wie man es für ein paar Franc kaufen konnte. Sie hatte ihre Juwelen noch nicht veräußert, aber sie hatte sich die Versicherung für die Auslandsreise nicht leisten können, die am Quartalstag Ende Juni abgelaufen war.

Terry lachte.

»Sie können auch meine Uhr nicht haben«, sagte er.

»Und warum nicht?« fragte Diana.

»Sie ist im Pfandhaus mit allem anderen«, erwiderte er. »Dies sind meine letzten Ferien.«

»Weshalb?« fragte sie.

»Am Montag in acht Tagen beginne ich ernsthaft zu arbeiten. Sie sehen vor sich einen dieser energischen, ernsten Männer, die jeden Morgen regelmäßig um acht Uhr fünfzehn Golders Green mit ihren steifen Hüten auf dem Kopf verlassen«, erwiderte er. »Aber bevor ich auf den hohen Hocker meiner Bank klettere, bin ich entschlossen, noch einmal wirklich schöne Ferien zu machen.«

»Warum haben Sie bisher nicht gearbeitet?« fragte Diana.

»Weil ich einer jener bevorzugten Leute war, die die sozialistische Presse die ›reichen Müßiggänger‹ nennt. Ich schwelgte bisher im Luxus, ich gehörte der begüterten Klasse an.«

Diana lachte, aber dann sagte sie ernst:

»Was ist geschehen?«

»Mein Vermögen, meine Zukunftsaussichten, mein Erbe, mein Geburtsrecht wurden plötzlich hinweggespült. Mit anderen Worten, ich ging bei einem Finanzskandal pleite, meine Liebe, bei einem wirklich großen, skandalösen Zusammenbruch.«

Diana ahnte nun, was sie hören würde. Sie kannte die Antwort auf ihre Frage, und doch mußte sie sie stellen.

»Bei welchem Finanzskandal?« fragte sie sehr leise.

»Bei dem Headley-Zusammenbruch«, erwiderte Terry, wie sie erwartet hatte. »Ich wachte eines Morgens auf und stellte fest, daß ich nicht mehr reich, sondern ein Bettler war. Es ist eine traurige, sehr traurige Geschichte«, fügte er heiter hinzu, »und deshalb wurde ich aus den marmornen Hallen vertrieben und werde künftig das tun, was man ›das tägliche Brot verdienen‹ nennt, und zwar im staubigen Milieu einer Bank in der City von London.«

Er ließ theatralisch den Kopf auf seine Hände fallen.

Diesmal klang Dianas Lachen gezwungen.

Noch ein Opfer, dachte sie.

Sie beendete das Essen hastig, denn sie konnte den Gedanken nicht ertragen, daß Terry herausfinden könnte, wer sie war.

Angenommen, jemand würde vorbeikommen und sie mit ihrem Namen anreden – sie blickte sich um und betete, daß kein Bekannter in Sicht war oder Ruth sie suchen würde.

»Wann reisen Sie ab?« fragte sie Terry.

»Übermorgen«, antwortete er. »Es ist ein Jammer, nicht wahr? Aber wir werden uns in London wiedersehen. Und jetzt machen wir für morgen Pläne.«

Diana stimmte zu, beschloß aber im stillen, ihm aus dem Weg zu gehen. Sie mochte ihn sehr, den Jungen, der mutig ein neues Leben begann, der alles für einen großartigen Scherz hielt und sich nicht im mindesten über den Streich beklagte, den das Schicksal ihm gespielt hatte.

»Wird mich dies mein ganzes Leben lang begleiten? Werde ich nie frei davon sein?« fragte sich Diana, als sie ihm für das Essen gedankt hatte und zurückging, um Ruth zu suchen.

Die Sünden der Väter kommen auf die Kinder – wie recht die Bibel doch hatte. Sie fragte sich, was Terry wohl sagen würde, wenn sie ihm gestand, wer sie war.

Fast war sie versucht, zurückzugehen und es herauszufinden.

Sie wollte sich selbst wehtun, ein masochistisches Vergnügen darin finden, eine Ausgestoßene zu sein und es die Leute wissen zu lassen.

Ruth wartete auf sie und saß mürrisch und allein da.

»Wo waren Sie, Diana?« fragte sie ärgerlich. »Ich wollte Sie gerade suchen.«

»Das tut mir leid«, entschuldigte sich Diana. »Ich sah Sie mit Lord Dalk tanzen und dachte, Sie brauchen mich nicht.«

»Das war vor einer Ewigkeit«, antwortete Ruth. »Ich schätze es nicht, allein herumzusitzen oder nach Ihnen suchen zu müssen.«

Diana steckte den Rüffel schweigend ein.

Achtes Kapitel

Die Schnibers kehrten ungefähr Mitte September nach London zurück. Inzwischen hatte Monte Carlo für sie alle langsam seinen Reiz verloren.

Die Yacht war kein Erfolg gewesen, und Ruth hatte keinen passenden jungen Mann finden können.

Deshalb bedauerte es niemand, als sie an einem heißen, stickigen Nachmittag den Blue Train bestiegen und dem strahlenden Himmel und dem Meer Lebewohl sagten und der Zug langsam an der Küste entlang dampfte.

Aber in London war Ruth ebenso unausstehlich wie zuvor. Sie lag träge im Bett, verdarb ihre Figur, indem sie zu viele Süßigkeiten aß, und nörgelte ständig, weil sie nicht auf eine Party oder in jene Häuser eingeladen wurde, die sie gern besuchen wollte.

Die Schnibers erhielten nicht viele Einladungen zu den sogenannten schicken Partys.

Diana war froh darüber, daß es im kommenden Winter nur die übliche Anzahl von Wohltätigkeitsbällen geben würde, für die die Schnibers Eintrittskarten für drei Guineas kaufen und sich dann Seite an Seite mit denjenigen Menschen finden konnten, die sie gern sehen und von denen sie gern gesehen werden wollten.

Mary Carter hatte Mrs. Schniber in verschiedenen Komitees untergebracht, die die korpulente kleine Frau tagtäglich beschäftigten.

Sie eilte von einer Sitzung am Morgen zu einer anderen am Nachmittag und zu Presse-Tees, wo sie die Aufmerksamkeit der Fotografen auf sich lenkte, so daß sie jeden Dienstag abend die Seiten des *Tatler*, des *Sketch* und des *Bystander* durchsuchte, in der Hoffnung, sich in den Porträts aus der Gesellschaft wiederzufinden.

Ruth hingegen war zu bequem, um Komitee-Sitzungen zu besuchen.

Allmählich kam Diana zu dem Schluß, daß Ruth zu träge war, um überhaupt etwas zu tun, wenn sie nicht sicher war, einem Mann zu begegnen.

Ruth sehnte sich danach zu heiraten; und wenn sie ehrlich zu sich selbst gewesen wäre, hätte sie zugegeben, daß ein Liebhaber ihren Wünschen ebenso gut entsprochen hätte.

Sie wollte einen Mann haben, und sie fand den gesellschaftlichen Kreis, der ihr keinen zur Verfügung stellte, in jeder Hinsicht unbefriedigend.

In Wirklichkeit war es eine Tragödie. Wären die Schnibers in ihrer Heimat im Norden geblieben, dann hätte Ruth bei den Männern der Umgebung großen Erfolg gehabt.

Sie sah gut aus, und sie konnte, wenn sie wollte, unterhaltsam und fröhlich sein.

Sie hätte die Geselligkeiten genossen; sie hätte die anderen Mädchen leicht ausgestochen, und sie hätte in ihrer Vorliebe für leuchtend kirschrote Kleider schwelgen können.

Sobald sie aus dem Süden zurückgekehrt war, traf Diana Jimmy und stellte fest, daß er immer noch in der Autowerkstatt tätig war und dieses Leben weit mehr genoß, als er selbst es erwartet hatte.

»Zuerst hatte ich Schwierigkeiten mit den anderen Mechanikern«, sagte er. »Sie hatten etwas dagegen, daß ich als Außenstehender zu ihnen kam, denn sie sahen in mir einen Dandy. Eine Zeitlang war es ziemlich lästig, das gebe ich offen zu, aber dann erbot ich mich, einen von ihnen zu verprügeln und tat es auch. Danach schüttelten wir uns die Hände und wurden die besten Freunde, und jetzt läuft alles vorzüglich.«

»Hat er dir nicht sehr wehgetan?« fragte Diana.

»Ich hatte vierzehn Tage lang ein blaues Auge, was meiner Schönheit nicht zugute kam«, antwortete Jimmy. »Aber ich hatte Glück, ich kannte die Regeln und er nicht, allerdings war er ein kräftiger Bursche. Jedenfalls brachte die Prügelei alles ins Gleis, und das war die Hauptsache.«

»Du weißt, Diana«, fuhr Jimmy fort, »diese Autowerkstatt expandiert, und ich hoffe, daß man mich in einer ihrer Zweigstellen an der Umgehungsstraße zum Geschäftsführer macht. Es gibt keinen Grund, weshalb ich nicht das beste aus der Situation machen sollte. Ich sehe eine Menge Chancen. Aber ich muß behutsam vorgehen.«

Diana war erleichtert zu hören, daß Jimmy sich gut eingelebt hatte. Aber eine Woche später erhielt sie eine dringende Nachricht von ihm, er wolle sie sofort sprechen.

Sie nahm sich den Nachmittag bei den Schnibers frei und fuhr zu Jimmy in die Autowerkstatt.

»Ich kann hier nicht weg«, erklärte er, »aber ich habe die Erlaubnis, zehn Minuten mit dir zu sprechen.«

Er führte Diana in ein kleines, stickiges Büro, das mit einem Rollpult und einem sehr unzulänglichen elektrischen Ofen möbliert war. Jimmy schloß die Tür hinter ihnen, und als Diana sich auf den einzigen Stuhl gesetzt hatte, lehnte er sich gegen das Pult.

»Hör mir zu, altes Mädchen«, begann er. »Ich sitze in der Klemme! Hast du etwas Geld?«

»Warum?« fragte Diana.

»Als ich noch in Cambridge an der Universität war, indossierte ich einen Wechsel für ein Mädchen«, erklärte Jimmy. »Es war verdammt einfältig von mir, ich weiß, aber ich hätte niemals gedacht, daß sie zahlungsunfähig ist, und außerdem, um die Wahrheit zu sagen, Diana, war ich ziemlich verliebt in sie. Du weißt, daß man einem immer wieder einbläut, man soll keine Wechsel gegenzeichnen und nicht wegen Geld zu den Juden gehen.

Aber so ist es nun einmal. Ich habe den Wechsel für sie gegengezeichnet, und jetzt muß ich bezahlen. Natürlich könnte ich die Zahlung ablehnen und bankrott erklären... Aber wenn ich das täte, käme mein echter Name hier heraus und jedermann würde wissen, wer ich wirklich bin.

Schließlich wurde ich nur unter der Bedingung aufgenommen, daß ich meine Identität verberge. Ich habe dir von dieser offenen Stelle des Geschäftsführers erzählt – nun, neulich wurde darüber gesprochen, aber wenn herauskommt, wer ich bin, gibt es für mich absolut keine Chance.«

»Wieviel Geld brauchst du?« fragte Diana.

»Fünfhundert Pfund.«

»Das geht in Ordnung«, sagte Diana. »So viel kann ich für meinen Schmuck bekommen. Er ist im Grunde wesentlich mehr wert, doch du weißt, wie wenig man bekommt, wenn man etwas verkaufen muß. Ich habe vor ein paar Wochen bei einem Juwelier ein Angebot eingeholt, als ich einen Ring reparieren ließ, und der Verkäufer sagte mir, der Ring sei zweihundert Pfund wert. Wir können also leicht die fehlende Summe auftreiben.«

»Deine Saphirohrringe sind sehr wertvoll – ich weiß zufällig, was Vater dafür bezahlt hat«, sagte Jimmy.

»Die besitze ich leider nicht mehr«, erwiderte Diana und erzählte Jimmy, was sie eine Woche zuvor erlebt hatte.

Sie war mit den Schnibers auf einen Wohltätigkeitsball gegangen. Die Eintrittskarten waren nicht teuer gewesen, und die Menschenmenge war riesig.

Sie hatte sich nicht besonders vergnügt, denn die Schnibers hatten an allem herumgenörgelt und nur wenige Bekannte getroffen.

Gelangweilt und enttäuscht beschlossen sie direkt nach dem Kabarett, nach Hause zu fahren. Mrs. Schniber und Ruth gaben Diana die Coupons für ihre Mäntel und baten sie, diese für sie an der Garderobe zu holen.

Dort herrschte großer Andrang. Aber da Diana wußte, wie sehr Mrs. Schnibers es verabscheute, lange zu warten, drängte sie sich vor und zwischen den Menschen hindurch, um außer der Reihe die Mäntel zu ergattern.

Eine magere Frau in einem grellen Lachsrosa protestierte laut und versuchte, Diana zurückzuhalten.

»Ich war vor Ihnen da«, sagte sie aggressiv.

Sie warf ihren Coupon auf den Garderobentisch, und dann sah sie Diana ins Gesicht.

»Miß Headley, nicht wahr?« rief sie. »Miß Diana Headley! Nun, ich würde Ihnen gern sagen, was ich von Ihrem ehrenwerten Herrn Vater halte! Ich möchte zu gern erfahren, was er mit meinem Geld gemacht hat, das ich ihm anvertraut habe. Ihnen scheint es überhaupt nichts auszumachen, daß er uns um unser Geld betrogen hat! Sie kommen hier herein, drängen sich vor ehrliche Leute und sind dazu noch mit Juwelen behängt, die vermutlich von meinem Geld gekauft wurden!«

Diana trug an jenem Abend ein dunkelblaues Kleid, und sie hatte die großen, kostbar eingefaßten Saphirohrringe angesteckt, die ihr Vater ihr vor vielen Jahren geschenkt hatte.

Es waren ungewöhnlich schöne Saphire und groß genug, daß sie überall bewundernde Aufmerksamkeit erregten.

Die Frau in Lachsrosa, die sich in einen hysterischen Zorn hineinsteigerte, deutete jetzt auf Dianas Ohrringe.

»Sie kosten eine ganze Menge Geld«, schrie sie. »Und sie wurden von meinem Geld bezahlt!«

Die Leute in der Garderobe drängten sich um sie, sie wollten hören, was vorging.

Ohne ein Wort zu sagen, zog Diana die Ohrringe ab und drückte sie der erstaunten Frau in die Hand. Dann nahm sie der Garderobiere die Mäntel ab und verließ rasch den Raum.

Auf dem Heimweg saß sie zitternd da, erschüttert über die Würdelosigkeit der Szene, aber sie war froh, daß sie die Ohrringe hergegeben hatte, denn sie hatte das Gefühl, daß nun wenigstens einer der Gläubiger ihres Vaters nichts mehr gegen ihn sagen konnte.

Sie hatte ihren anderen Schmuck seither nicht mehr getragen, und irgendwie war sie jetzt erleichtert, daß sie mit dem, was ihr geblieben war, Jimmy helfen konnte.

Sie brachte den Schmuck am nächsten Tag zum Familienjuwelier, bei dem ihr Vater ihr erstes Kinderarmband aus winzigen Perlen und später das Armband mit den Diamanten und Saphiren zu ihrem einundzwanzigsten Geburtstag gekauft hatte.

Das einzige, was sie behielt, war der Verlobungsring ihrer Mutter, mit Diamanten, die in Gold gefaßt waren.

Wenn Jimmy heiratet, schenke ich ihn seiner Frau, dachte Diana.

Zu ihrer Freude brachte der Schmuck siebenhundert Pfund ein. Sie schickte sechshundert Pfund davon Jimmy. Sie hatte vorgeschlagen, daß sie die übrigen zweihundert Pfund zwischen sich aufteilten.

Aber Jimy schickte ihr die hundert Pfund mit einem reizenden Brief wieder zurück. Er bedanke sich für ihre Hilfe und fügte hinzu:

> Ein Gutes haben diese ganzen Schwierigkeiten, Diana. Ich weiß nun, was für eine wundervolle Schwester ich habe. Es ist tröstlich für mich zu wissen, daß Du da bist, und ich hoffe, Du wirst für mich immer das gleiche empfinden. Was auch immer in Zukunft geschieht, wir werden zusammen aufsteigen oder fallen.

Als Diana seinen Brief las, traten ihr Tränen in die Augen. Er hatte recht – es war ein wunderbares Gefühl, einen Gefährten im Unglück zu haben.

Nachdem sie von Monte Carlo nach London zurückgekehrt waren, hatte Diana ein schmerzliches Erlebnis, daß sie mehr erschütterte als alles andere.

Ruth wollte eines Abends zum Tanz ins ›Quaglino‹ gehen. Infolgedessen wurden zwei Männer beschafft, und nach einem aufwendigen Dinner gingen sie zu viert aus.

Das Lokal war amüsant und die Dekorationen paßten besonders gut zu Dianas grünem Kleid mit dem kleinen samtenen Cape.

Die Musik ging Diana in die Beine, und sie wollte

tanzen. Sie fühlte sich jung, sie war fröhlich – als sie plötzlich aufblickte und Terry unter der Tür stehen sah.

Erfreut und ohne nachzudenken lächelte sie ihn an und winkte ihm zu. Er erwiderte ihren Gruß mit einer steifen, förmlichen Verbeugung.

Einen Augenblick starrte sie ihn ungläubig an, und dann wurde ihr klar, was geschehen war. Er wußte, wer sie war.

Die Fröhlichkeit und das Glück, das sie empfunden hatte, waren plötzlich dahin. Sie war eine Ausgestoßene, das Paradies des Vergessens war versperrt. Sie war ausgeschlossen.

Schweigend und elend saß sie da, und dann rief jemand ihren Namen und bat Ruth um Erlaubnis, sich zu ihnen setzen zu dürfen. Es war Hugo.

Er war sehr charmant, nicht nur zu ihr, sondern auch zu Ruth, die begierig darauf reagierte, kicherte, errötete und sich weit über den Tisch zu Hugo hinüberbeugte, um kein Wort zu verpassen, das er sagte.

Diana hatte nie erlebt, daß er sich mehr bemüht hätte, freundlich zu sein, und in seiner Gegenwart begann sie sich allmählich wieder wohler zu fühlen.

Schließlich stand Ruth auf um zu tanzen, und Diana fragte leise, ohne daß die anderen es hören konnten:

»Warum, Hugo?«

»Warum, Hugo?«

»Warum ich hier bin? Ich will es dir sagen. Ich wollte dich sehen, ich mußte dich unbedingt sehen, Diana. Du warst in Monte Carlo scheußlich zu mir, Diana, aber ich kann dich nicht vergessen. Können wir uns morgen sehen?«

Diana schüttelte den Kopf.

»Ich bin berufstätig, wie du weißt«, sagte Diana.

»Also gut«, sagte Hugo energisch. »Ich werde ›Mamma‹ anrufen und mich zum Abendessen einladen.«

»Das kannst du nicht tun, Hugo!« sagte Diana lachend. »Du wirst es bei ihnen niemals aushalten.«

»Nicht? Ehe du dich versiehst, bin ich bei den Schnibers als Familienfreund aufgenommen«, sagte Hugo entschlossen.

»Wenn du das tust, dann glaube ich wirklich, daß du mich magst«, sagte Diana lachend.

»Wenn du mir immer noch nicht glaubst«, erwiderte Hugo ernst, »dann bist du sehr töricht.«

»Das bin ich doch immer gewesen«, antwortete Diana leichthin.

Diana hatte sich mit ihrem Leben bei den Schnibers abgefunden. Sie hatte sich daran gewöhnt, herumkommandiert zu werden und zu gehorchen. Ihr vergangenes Leben schien jetzt nur noch wie ein vager Traum zu sein.

Sie sehnte sich nicht nach den alten Tagen, zumal ihre Erinnerungen daran sie unglücklich machten.

Loelia Standish bemerkte den Wandel, der in Diana vorging, und sie war glücklich darüber, aber auch überrascht.

»Das zeigt, daß man niemals jemanden als frivol bezeichnen sollte, solange er keiner Prüfung unterzogen worden ist«, sagte sie zu ihrem Mann. »Obwohl ich Diana liebe, hätte ich wirklich nicht gedacht, daß sie sich in einer solchen Lage bewähren würde.

Es ist erstaunlich, was für ein Mut uns allen gegeben ist, wenn wir mit Schwierigkeiten fertig werden müssen, ganz gleich, welcher Art sie sein mögen. Es ist wahr, jeder Mensch kann ein Held sein, wenn er die Gelegenheit dazu bekommt.«

Jack Standish nickte.

»Du hast recht«, sagte er. »Im stillen habe ich mich bei Diana schon für alle meine unfreundlichen Gedanken über sie entschuldigt. Aber merkwürdig ist«, fügte er hinzu, »daß sie jetzt glücklicher wirkt, nicht mehr so herablassend, arrogant, was mich immer an ihr gestört hat. Ich frage mich, was Barry jetzt von ihr halten würde.«

»Ich auch.«

Diana hatte um ein freies Wochenende bei den Schnibers gebeten.

Sie wollte zum Huntsman's House fahren. Loelia und Jack hatten sie immer wieder eingeladen, aber bis jetzt hatte sie ihren Pflichten nicht entkommen können.

Schließlich hatte sich Ruth mit einer Erkältung ins Bett gelegt und ihre Absicht verkündet, diese von Freitag bis Montag auszukurieren.

Wie Diana wußte, bedeutete dies, daß Ruth sich mit dem neuesten Roman und einer Schachtel Pralinen ins Bett zurückziehen würde und daß das Radio dröhnen würde.

Infolgedessen ergriff Diana die Gelegenheit, nach Worcestershire zu fahren.

Die Erlaubnis war ihr mißmutig gegeben worden. Aber Diana fand, daß sie noch niemals so aufgeregt gewesen war, wie jetzt bei dem Gedanken daran, Jack und Loelia wiederzusehen und für zwei ganze Tage ein freier Mensch zu sein.

›Ich könnte vor Freude den Lokomotivührer und den Schaffner umarmen‹, dachte sie, als sie zum Paddington-Bahnhof eilte.

Mehrere Passanten blickten dem großen, lächelnden

Mädchen nach, als Diana über den Bahnsteig zum vorderen Teil des Zuges eilte, als ob es sie ihrem Ziel näher brächte, wenn sie dicht bei der Lokomotive saß.

Sie dachte nicht an ihre traurigen Gefühle, die sie beim letztenmal gehabt hatte, als sie diese Strecke gefahren war.

Statt dessen freute sie sich darauf, ihre Freunde wiederzusehen und den Luxus der Freiheit zu genießen.

Am Bahnhof in Malvern erwartete sie ein Wagen, und als sie im Huntsman's House eintraf, war in der großen, eichengetäfelten Halle der Tee serviert, präsidiert von Loelia.

Es war wie eine Heimkehr – das Willkommensgebell der Hunde, die respektvollen Grüße der Dienstboten, Loelias offenen Arme, Jacks warmes Händeschütteln. Und ganz plötzlich traten Tränen in Dianas Augen.

Ehe sie sie unterdrücken konnte, begannen sie zu fließen.

»Ihr Lieben, ich bin so glücklich«, sagte sie.

Sie nahm einen kleinen Terrier in die Arme und legte ihre Wange an sein rauhes Fell.

»Entschuldige«, sagte sie zu Loelia, »ich bin eine Närrin, aber du kannst dir nicht vorstellen, wie sehr ich mich freue, dich wiederzusehen.«

»Und wir freuen uns, daß du da bist, meine Liebe«, sagte Loelia mit ihrer sanften Stimme und berührte leicht Dianas Hand. »Erzähle uns von dir.«

Und so berichtete Diana, was sie seit ihrer letzten Begegnung erlebt hatte. Sie sprach über die vergangenen Monate, über die Schwierigkeiten, die Klagen der unzufriedenen Ruth, die Vornehmtuerei Mrs. Schnibers und des ganzen Personals.

Plötzlich sah Diana die komische Seite der Situation,

und sie erzählte die Geschichte nun so, als wären ihre Nöte nur ein großartiger Spaß gewesen.

Sie erzählte weder gehässig noch giftig, sondern humorvoll, als sie über die Schnibers sprach, und sie karikierte ihre Brotherren in jener gutherzigen Art, die selbst gegenüber unseren besten Freunden oder Feinden erlaubt ist.

Jack und Loelia lachten und amüsierten sich, als durch Dianas Bericht die Familie Schniber für sie lebendig wurde.

Sie sahen Mrs. Schniber in Monte Carlo gegen die Seekrankheit ankämpfen, damit sie am Ruder der Yacht fotografiert werden konnte.

Sie sahen Ruth, wie sie einen Arzt nach dem anderen aufsuchte und Abmagerungskuren machte, sofort darauf aber der Versuchung jeder Pralinenschachtel erlag, welche jedes Pfund verdoppelte, das sie stöhnend verloren hatte.

Sie hörten von dem Butler, der majestätisch Befehle gab, voller Verachtung für seine Herrschaft war, aber in der Anrichte Kellys Handbuch las und nur zu denjenigen Gästen der Schnibers höflich war, von denen er annahm, sie seien aus guter Familie.

Sie erkannten zusammen mit Diana das Rührende an Mr. Schnibers täglichem Kampf, immer mehr Geld zu verdienen, um es zur Unterhaltung von Menschen, die ihn verachteten, auszugeben.

Diana hatte nicht gewußt, daß sie sich über Menschen amüsieren konnte, ohne unfreundlich zu sein.

Sie dachte nicht gehässig über die Schnibers, denn sie hatte sie im Grunde gern.

Sie sah ihre Fehler, sie sah ihre Mängel, und doch wurde ihr die Tragik ihres Strebens täglich bewußter.

Wenn in London Bekannte von ihr ins Haus kamen, verhinderte sie jede Diskussion über ihre Arbeitgeber.

Neuerdings schämte sie sich sogar des achtlosen Benehmens, wenn Leute Gastfreundschaft als eine Selbstverständlichkeit hinnahmen, die sie nicht einmal mit guten Manieren vergalten.

Diana wußte, sie hätte viel billiges Mitgefühl wecken können, und doch war es das erste Mal, daß sie mit jemandem über ihre Arbeitgeber sprach.

Als sie erzählte, wunderte sie sich selbst, wie amüsant sie die ganze Geschichte fand.

›Weshalb habe ich das nicht schon vorher bemerkt?‹ dachte sie plötzlich. ›Warum ist es mir nicht bewußt geworden?‹

Und dann sagte sie zu Loelia:

»Es ist eine Komödie, nicht wahr – die ganze *méne*, und was noch mehr bedeutet – es gefällt mir.«

Nach dem Tee ging Loelia hinauf ins Kinderzimmer, um ihrem Sohn ›Gute Nacht‹ zu sagen.

Diana saß vor dem offenen Kamin, halb träumend, halb schlafend in der Wärme, die die großen Scheite ausstrahlten.

Draußen war es schon dunkel, und als der Butler das Teegeschirr abgeräumt hatte, schaltete er das gedämpfte Licht ein.

Im Huntsman's House herrschte eine Atmosphäre der Behaglichkeit und der Wärme, eine Atmosphäre des Glücks, denn niemand konnte mit Loelia und Jack zusammen sein, ohne von ihrer glücklichen Harmonie beeinflußt zu werden.

Gefühle sind ansteckend, und jetzt lehnte sich Diana friedlich zurück, die Beine ausgestreckt auf dem warmen Fellteppich, während der Terrier seine Nase an ihre Hand drückte und eine Dogge sie mit halb geschlossenen Augen betrachtete.

Wie im Traum hörte Diana draußen einen Wagen vorfahren. Dann ging die Tür auf und ein Mann trat ein. Er hielt einen Augenblick inne, ehe er Diana sah.

Da sie nicht sicher war, ob sie sich freute, ihn zu sehen, stieg ihr das Blut in die Wangen, und sie richtete sich mit einem leisen Ausruf auf.

Barry rief lächelnd und überrascht ihren Namen und kam mit ausgestreckten Händen auf sie zu.

»Warum hast du mir nicht gesagt, daß Barry an diesem Wochenende zu euch kommt?« fragte Diana am nächsten Tag Loelia, als sie sich an das Geländer der Pferdekoppel lehnten und zusahen, wie die beiden Männer junge Ponys über einige Hindernisse führten.

»Ich war nicht sicher, ob er kommen würde«, sagte Loelia. »Du weißt, Barry betrachtet dies hier als sein Zuhause. Er kann kommen und gehen, wie es ihm gefällt. Jack und ich haben ihm zwei Zimmer im Westflügel zur Verfügung gestellt. Sie sind ausschließlich ihm vorbehalten, und wir geben sie keinen anderen Gästen und holen von dort auch nichts heraus.

Deshalb kündigt Barry sein Kommen niemals an. Wir haben ihn gern bei uns, und abgesehen von allem anderen weiß ich, daß es Jack glücklich macht, wenn Barry bei uns ist.

Du weißt, Diana, wenn eine Frau einen Mann liebt, spürt sie unwillkürlich, daß sie ihn der Freiheit beraubt, die er vor der Ehe genossen hat.

Jack und Barry verbrachten viel Zeit miteinander, und ich weiß, daß sich Jack manchmal danach sehnt, wieder mit Barry auf eine dieser abeteuerlichen Expeditionen zu gehen.

Natürlich will er mich nicht verlassen, und er wird es niemals tun, aber ich weiß, wie gern er reisen und forschen und wandern würde, mehr oder weniger dorthin, wohin sie der Zufall führt. Ich sage nicht, daß Jack unsere Ehe bereut, er ist glücklich, und schließlich haben wir Robin.

Aber es wäre übermenschlich, wenn er nicht manchmal den Ruf der Freiheit hören würde, wenn er sich nicht nach dem Abenteuer sehnen würde. Er weiß, daß er zu Hause gute Arbeit leistet, aber manchmal muß es ihm so vorkommen, als hätte Barry das bessere Los gezogen.

Deshalb ist es gut, wenn ich die Bande, so liebevoll sie auch sind, lockerer erscheinen lasse – nun, und das tue ich!«

»Du bist sehr klug«, sagte Diana impulsiv. »Wenn ich je heiraten sollte, was ich manchmal bezweifle, werde ich niemals so vernünftig sein wie du, Loelia.«

»Ich bin nicht klug«, antwortete Loelia. »Ich liebe aber Jack mehr als alles andere auf der Welt, und wenn man jemanden über alle Maßen liebt, im wahrsten Sinn des Wortes liebt, dann möchte man schenken und schenken und immer wieder schenken.

Ich glaube, alle Frauen, die lieben, fühlen so. Sie würden gern ein Stück von sich selbst hergeben und es für den Mann opfern, den sie lieben.«

»Glaubst du, Männer empfinden das gleiche für Frauen?« fragte Diana.

»Ja, in einem gewissen Maße«, sagte Loelia. »Die Haltung des Mannes gegenüber der Frau, die er liebt, ist die des Beschützers. Er will sie nicht nur vor Schaden beschützen, sondern auch vor sich selbst. Verstehst du, was ich damit sagen will?

Es ist die Selbstlosigkeit auf beiden Seiten, eine spontane Selbstlosigkeit, weil nur die Liebe das wirkliche Glück bringt.

Sage mir nicht, daß ein Mann eine Frau liebt, der in irgendeiner Weise ihren Ruf schädigt oder ihren Namen diffamiert. Keine Frau braucht einen Schutz vor der wahren Liebe, kein Mädchen braucht vor einem Mann beschützt zu werden, der sie wirklich und wahrhaftig liebt.

Die ganze Wahrheit liegt in der Tatsache, daß derjenige, der einen anderen liebt, nur das beste für ihn will und nicht für sich selbst.«

Diana schwieg, beobachtete die hervorragenden Reitkünste der beiden Männer und dachte darüber nach, was Loelia eben gesagt hatte.

Es war ein schöner Tag mit einem Hauch von Frost in der Luft. Ein kalter Wind wehte von den Hügeln herab und pfiff um das Haus und durch die Wälder ringsum.

Hoch über ihnen flogen drei Enten in Formation rund um den See, ehe sie sich schließlich niederließen.

Die Hunde bellten und jagten einander durch den Park.

Barry, barhäuptig im Sonnenschein, trainierte das Pony auf bewundernswerte Weise. Er führte es über die Hindernisse, wie es nur ein geschickter Reiter kann, und erhielt Lob von dem alten Pferdeknecht, der in der Nähe stand.

»Barry sieht auf einem Pferd gut aus«, sagte Loelia und brach damit das Schweigen.

Diana nickte. Sie sah Barry heute mit anderen Augen. Reserviert, ernst, kritisch, zu fast übermenschlicher Größe war sein Bild in ihrer Vorstellung gewachsen.

Er war für sie ein Mann gewesen, der außerhalb des Gewöhnlichen stand, jenseits ihres Verständnisses und jenseits jeder Freundlichkeit und Güte, die Menschen liebenswert machen.

Und dann hatte sie ihn am vergangenen Abend in einer anderen Rolle gesehen und verstand ihn nun besser.

Nach seiner Ankunft waren sie nach oben gegangen, um Loelia zu suchen, und hatten sie im Kinderzimmer angetroffen.

Robins Willkommensschrei hatte gezeigt, daß zumindest er Barry nicht zum Fürchten fand.

Barry hatte sich unbefangen und ohne auf die anderen zu achten mit Robin gebalgt, bis das Kindermädchen eingriff und den Jungen protestierend ins Bett brachte.

Diana hatte nicht den großen intellektuellen Reisenden gesehen, sondern einen Mann mit gerötetem Gesicht und zerzaustem Haar, wie er mit einem kleinen Jungen spielte, der ihn liebte.

Er war unter Kissen begraben worden, hatte den wilden Bären gespielt, hatte Robin Huckepack genommen, hatte ein schnaubendes Schlachtroß gemimt, und plötzlich war Diana aufgegangen, daß Barry nicht so unbegreiflich war, wie sie sich eingebildet hatte.

Der menschliche Geist ist zu leicht geneigt, jeden auf ein Podest zu stellen, der ein wenig vom üblichen abweicht.

In den letzten Monaten hatte Diana Barry für eine Art gottähnlichen Richter gehalten, für jemanden, der die gewöhnlichen, einfachen Gefühle nicht nachempfinden kann.

Ja, sie hatte in ihm gar nicht mehr einen Mann gesehen. Er hatte ihr Mut gegeben und sie angeleitet und sie mit neuer Hoffnung gestärkt.

Er kam ihr wie ein Priester vor, zu dem sie hingehen konnte in der Gewißheit, Trost und Kraft durch ihn zu finden.

Und deshalb erschrak sie, als sie ihn wiedersah und erkannte, daß er ein Mann war, und zwar ein attraktiver Mann. Sie hatte ihn vorher noch nie so heiter gesehen.

Er hatte beim Essen gelacht und sie geneckt, während Loelia und Jack sie animiert hatten, Wortgefechte miteinander zu führen, und sie lachten alle beide.

»Er ist nett«, sagte sich Diana, als sie ihn jetzt mit dem Pony beobachtete.

Er lachte, und sie bemerkte, wie dies seine ersten Gesichtszüge veränderte und ihn jünger wirken ließ.

Sie begann zu verstehen, daß seine Zurückhaltung, die sie zuerst geängstigt und vielleicht sogar abgestoßen hatte, darauf zurückzuführen war, daß er einen großen Teil seines Lebens allein verbracht hatte.

Monatelang lebte Barry abgeschieden von der Welt nur mit seinen Dienern.

»Erzähle mir über Barry«, sagte sie zu Loelia. »Warum hat er mit dem begonnen, was er jetzt tut?«

»Sein Vater war Offizier in der indischen Armee«, antwortete Loelia. »Seine Mutter war eine der schönsten Frauen ihrer Generation. Barry wurde in Indien geboren und dann wie gewöhnlich zur Schule nach England geschickt. Es ist die Tragik des anglo-indischen Kindes.

Ein paar Jahre danach lief seine Mutter, die er sehr verehrte, mit einem Leutnant aus dem Regiment seines

Vaters davon. Barrys Vater war danach völlig gebrochen, aber er verbarg seine Gefühle unter einer strengen Selbstdisziplin. Er sprach mit niemandem über sein Leid.

Damals hielt man eine Scheidung für unschicklich und sündig. Barrys Vater war ein strenger Christ und lehnte es ab, sich von seiner Frau scheiden zu lassen. Jahrelang zog sich die Tragödie hin.

Der Leutnant mußte natürlich das Regiment verlassen und konnte nicht nach England zurückkehren und dort offen mit einer Frau zusammenleben, die nicht seine Gattin war.

Sie blieben im Fernen Osten und kamen vor wenigen Jahren bei einem Erdbeben in Tokio ums Leben.

Es war alles sehr traurig. Barrys Mutter besaß einen starken Charakter, und wenn sie liebte, dann liebte sie ohne Rücksicht auf die Verhältnisse oder irgendwelche Widerstände.

Ich glaube, sie hatte Barrys Vater niemals geliebt, aber sie liebte den Mann, mit dem sie davongelaufen war. Doch er wurde mit diesem Leben nicht fertig und bedauerte den Verlust seines Offizierspatents.

Jedenfalls behandelte er sie schlecht – seelisch und körperlich. Er war brutal zu ihr, aber sie liebte ihn weiterhin.

Was immer er ihr auch antat, was immer auch geschah, sie liebte ihn trotzdem. Barry hat niemals darüber gesprochen, aber andere Menschen, die sie gekannt haben, erzählten uns über sie, weil sie wußten, wie eng wir mit Barry befreundet sind.

Barrys Verwandte hatten versucht, etwas gegen dieses Verhältnis zu unternehmen. Sie bedrängten seine Mutter, den Mann zu verlassen, aber sie weigerte sich.

Ich glaube, daß sie auf ihre Weise trotz allem das Glück gefunden hat. Vielleicht ist es besser, abenteuerlich zu leben als überhaupt nicht.

Jedenfalls war das ihr Leben, und sie hatte es so gewollt und hielt durch dick und dünn daran fest. Barrys Vater wurde später Gouverneur einer der kleineren Provinzen Indiens.

Unmittelbar nachdem Barry die Schule verlassen hatte, lebte er einige Zeit mit seinem Vater zusammen in Indien. Er wäre noch länger dort geblieben, aber der Krieg brach aus.

Als er Indien verließ, war er soweit, das Land zu verstehen und zu lieben.

Seine eigentliche Erziehung erhielt er vor dem Krieg in jenen Jahren, die er bei seinem Vater verbracht hatte. Sein Vater bemühte sich, was nur wenige Engländer taten, die Lebensumstände der Menschen, die er regierte, zu verstehen. Er interessierte sich für ihre Ansichten und versuchte, soweit es ihm möglich war, das östliche Denken zu erfassen.

In dieser Zeit lernte Barry einen der großen indischen Philosophen kennen, der damals schon ein alter Mann war. Er lebt nicht mehr, aber wenn je ein Lehrer einen wahren Schüler gefunden hat, dann dieser in Barry.

Er inspirierte den Jungen dazu, einige der tiefgründigen Ideen des Ostens zu begreifen und sie dem Westen zu übermitteln.«

»Und was geschah mit seinem Vater?« fragte Diana.

»Er starb hochgeachtet drei Jahre nach dem Krieg. Er hat viel Gutes für sein Land getan. Ich glaube, daß er im Grunde sein einziges Kind abgöttisch liebte. Aber sein Kummer hat ihn so sehr verbittert, daß er seinem

Sohn gegenüber niemals Zärtlichkeit oder Zuneigung zeigte.

Ich glaube, daher kommt Barrys beinahe unmenschliche Selbstdisziplin. Seit er ein kleiner Junge war, hat er niemals Liebe gespürt. Er sah seine Mutter nicht, bis er erwachsen war, und auch dann nur sehr selten.

Ich glaube, jetzt fürchtet sich Barry vor der Liebe. Sein ganzes Leben lang hat er sie, soweit es ihn betraf, nur in ihrer zerstörerischsten Form erlebt.

Sein Vater hat alles getan, um ihn dagegen immun zu machen. Natürlich ist er für Frauen attraktiv, aber nur wenige Frauen ziehen ihn an.«

Während sie sprach, kam Barry angeritten.

»Worüber unterhaltet ihr beide euch so ernst?« fragte Barry.

Diana lächelte.

»Sie wären überrascht, wenn Sie es wüßten.«

Er lachte.

»Dann haben Sie sicher über mich gesprochen.«

»Im Scherz wird manches wahre Wort geäußert«, antwortete Loelia. »Es ist Essenszeit. Diana muß schon am Verhungern sein. Sage bitte Jack, er soll kommen.«

Barry galoppierte davon, und ein paar Minuten später gesellten sich die Männer zu ihnen. Jack hakte sich bei seiner Frau ein.

»Ist dir kalt, Liebling?« fragte er. »Du hättest ebenfalls reiten sollen.«

Sie schüttelte den Kopf.

Sie schlenderten auf das Haus zu und pfiffen den Hunden, die nach Kaninchen suchten.

»Wollen Sie morgen früh mit mir ausreiten?« fragte Barry Diana.

»Ich habe keine Reitkleidung«, antwortete sie.

»Du kannst meine anziehen. Wir sind ungefähr gleich groß«, sagte Loelia. »Ich weiß, daß dir meine Schuhe passen. Erinnerst du dich noch daran, als ich mir vor einiger Zeit in London deine Schuhe ausgeborgt habe, weil Jack unbedingt wollte, daß ich das Pferd ausprobiere, ehe er es kauft?«

»O ja, ich entsinne mich«, sagte Diana. »Gut, ich würde gern morgen ausreiten, wenn es keine Umstände macht.«

»Großartig«, sagte Barry. »Wir werden über die Hügel reiten, ungefähr eine Meile nach Hereford hinüber. Es wird Ihnen gefallen.«

»Und was machen wir heute nachmittag?« fragte Loelia. »Was schlägst du vor, Barry?«

»Ich habe etwas Arbeit dabei«, sagte er. »Ich muß wirklich damit vorankommen. Wenn ihr mich zur Burg begleiten wollt, zeige ich euch die ersten Kapitel von Jacks und meiner neuen Arbeit. Ich muß noch die Hälfte der Korrekturfahnen lesen.«

Sie brachen bald nach dem Mittagessen auf, wie Barry es vorgeschlagen hatte. Der Wind brachte Farbe auf Dianas Wangen, und sie war froh, daß sie ihren Jägermantel dabei hatte.

›Gott sei Dank ändert sich diese Kleidung nicht mit der Mode‹, dachte sie, als sie ihn angezogen hatte.

Es fiel ihr bereits schwer, sich neue Kleider zu kaufen.

Sie gingen zügig zur Burg und unterhielten sich fröhlich miteinander.

Sie kamen zu dem Weg, an dem Diana vor einigen Monaten auf dem umgestürzten Baumstamm gesessen und wo Barry sie überrascht und ihr Trost gebracht hatte.

Sie wußte, daß er ihre Begegnung vor Loelia und Jack

nicht erwähnt hatte, und als sie jetzt an der Stelle vorbeikamen, drehte sie sich um und lächelte ihn in geheimem Einverständnis an.

Barrys Blick traf den ihren, und er erwiderte ihr Lächeln.

»Gut gemacht!« sagte er leise.

Diana legte sich genüßlich in ihr heißes Bad und ließ die Wärme ihre steifen Glieder lockern.

Sie war von dem Ausritt mit Barry zurückgekommen und fühlte sich herrlich erfrischt, nachdem sie jeden Augenblick ihres Galopps genossen hatte.

Sie liebte es, wenn der Wind in ihr Gesicht blies, sie liebte das Pochen der Pferdehufe und das Gefühl, ein Pferd unter sich und die straffen Zügel in ihren ungeübten Händen zu haben.

Sie hatte auch Barrys Gesellschaft genossen und die Bewunderung, die er gezeigt hatte, weil sie ihr temperamentvolles Tier so gut beherrschte.

Die Stunden, die sie miteinander verbracht hatten, waren ihr allzu rasch vergangen.

Sie hatten sich miteinander unterhalten, und sie dachte jetzt an ihr Gespräch, als sie dalag und ihren Körper verschwommen rosarot in dem von Badesalzen leicht verfärbten Wasser sah.

Sie waren den Hügel hinaufgeritten, und Diana war es so vorgekommen, als hätte sie nie zuvor so viel empfunden und jeden Augenblick mit einer solchen Intensität genossen.

Der Morgen war schön gewesen – der Sonnenschein, der Wind, der stahlblaue Himmel über ihnen, die laublosen Bäume, die mit skelettartigen Fingern nach oben deuteten wie auf einer Zeichnung.

Diana hatte das Gefühl gehabt, daß alles zu überwältigend war, um es zu verstehen – ihre Gesundheit, die Schönheit, die sie umgab, das Glück, das aus ihrem innersten Sein hervorzuströmen schien.

»Wenn man dies nur erklären könnte«, dachte sie. »Wenn wir es doch denen, die wir lieben, zum Geschenk machen könnten!«

Sie mußte an Jimmy denken, der in London arbeitete. Sie wußte, daß die Wochenenden in der Autowerkstatt die anstrengendste Zeit war.

Wenn sie ihm nur ein Paket schicken könnte, das diesen Augenblick enthielt!

Und als ob Barry ein wenig von dem, was sie dachte, gespürt hätte, hatte er nichts gesprochen, sondern war einige Zeit schweigend neben ihr hergeritten.

Erst als sie nach einem langen Galopp ihre Pferde zügelten, um den herrlichen Ausblick über Hereford und die Hügel von Wales zu genießen, begannen sie wieder miteinander zu sprechen.

Sie waren nach Hause zurückgekehrt, und die Worte, die sie nun miteinander wechselten, hatten eine tiefere Bedeutung... als sie oberflächlich ausdrückten.

Wie freundlich er doch ist, dachte Diana jetzt, wie anders, nachdem sie ihn näher kennengelernt hatte, wie anders, als sie ihn zuerst gesehen hatte.

Und als sie nun im Bad lag, wurde ihr plötzlich bewußt, daß sie ihn liebte.

»Ich liebe ihn«, flüsterte Diana.

Es war ein Gefühl, das sie noch nie empfunden hatte, denn es bedeutete gleichzeitig ein ungeheures Vertrauen und eine überwältigende Achtung vor ihm.

Oft, wenn sie in einen Mann verliebt gewesen war, selbst wenn er sie anzog, was unter der Oberfläche schließlich ein bloßer physischer Vorgang war, hatte sie ihn nicht unbedingt geachtet.

Selbst wenn sie jemanden lieb gewonnen hatte, hörte sie immer diese kalte, berechnende Stimme ihres Verstandes, die ihr sagte, daß es nicht von Dauer wäre.

Und jetzt hatte sie zum erstenmal einen Mann kennengelernt, der so außergewöhnlich war, daß sie nichts an ihm auszusetzen fand, und sie liebte ihn um seiner selbst willen.

In diesem Augenblick kam es ihr so vor, als hätte es seitdem sie ihn kannte keine Sekunde gegeben, in der sie ihn nicht geliebt hatte.

Sie versuchte, sich an ihren Zorn über ihn bei ihrer ersten Begegnung zu erinnern. Doch alles, was sie jetzt fühlen konnte, war nur ein überwältigender Wunsch, ihm nahe zu sein, seine Stimme zu hören, bei ihm zu sein.

Im Augenblick wünschte sie nicht einmal einen engeren Kontakt mit ihm, sie wollte ihm nur nahe sein.

Sie spürte, daß sie wie Robin empfand, wie die Hunde, die sich um ihn drängten, wann immer er erschien – glücklich, ihn zu berühren, dankbar für seine Anwesenheit.

›Empfinden dies alle Menschen, wenn sie lieben?‹ fragte sich Diana.

Erlebten alle Menschen diese Freude, dieses große Glück, das einen wie eine Flut überkam und jede Zurückhaltung, jede Hemmung wegschwemmte?

Und dann kam ihr die Frage in den Sinn – würde Barry sie jemals lieben?

Sie dachte an sein Leben, wie Loelia es ihr tags zuvor geschildert hatte. Er hatte wenig Erfahrung in der Liebe, wenn Loelia nicht irrte.

Er hatte ein stilles, zurückgezogenes Leben geführt, während Diana ihr Leben unter frivolen Menschen verbracht hatte. Und keiner von ihnen beiden war bis jetzt von jenem Gefühl davongetragen worden, das sich der menschlichen Kontrolle entzieht.

Diana war überzeugt, daß alles wichtig war, was er ihr über das Leben und die Menschen erzählt hatte.

Sie fragte sich, ob sie wirklich im Ernst erwogen hatte, Hugo zu heiraten.

Hatte sie wirklich geglaubt, daß sie niemals dieses erregende Glück empfinden würde, dieses Gefühl, daß sie auf der Schwelle von etwas stand, das zu wunderbar war, als daß man es beschreiben oder in Worte fassen konnte?

Sie betrachtete sich im Spiegel auf der anderen Seite des Bades. War sie das selbst, die das Leben einmal unerträglich gefunden hatte, die einmal voller Mißmut an den morgigen Tag gedacht hatte?

Was immer der morgige Tag für sie bereit halten würde, sie wußte, daß sie ihn ersehnte, denn er würde aufregend und voller Leben sein.

›Ich will nicht bis morgen warten‹, dachte Diana plötzlich. ›Ich will Barry haben, und ich will ihn jetzt haben. Wenn ich warte, könnte dies bedeuten, daß ich ihn vielleicht verliere.‹

Neuntes Kapitel

Diana kaufte für Mrs. Schniber bei Fortnum & Mason's ein.

Sie ging an den Theken vorbei, die mit köstlichen Lebensmitteln beladen waren, Spezialitäten aus allen Erdteilen, die miteinander um die Gunst der Kunden wetteiferten.

Aber ihr Auftrag von Mrs. Schniber galt nichts Eßbarem, und Diana ging hinunter in die Geschenkabteilung.

Es war drei Wochen her seit dem Wochenende, das sie in Malvern verbracht hatte. Weihnachten war vorüber, und der Ansturm der Kunden hatte dem ruhigen Januargeschäft Platz gemacht.

Als Diana Huntsman's House verlassen hatte, war ihr nur halb bewußt gewesen, was ihr widerfahren war.

Die volle Erkenntnis der übergroßen Liebe, die in ihr für Barry erwacht war, wurde von einer Depression abgelöst, die jedoch niemals ihre Hoffnung ganz auslöschte, daß die Zukunft das wahre Glück für sie beide bereithielt.

Als sie sich sehr früh am Montagmorgen von Barry verabschiedete, hatte sie gesagt:

»Ich hoffe, wir sehen uns bald wieder.«

Diana hatte sich vorgenommen, allem zuzustimmen, was er vorschlug, da sie wußte, daß sie alles andere opfern würde, sogar ihre Arbeit, nur um mit ihm zusammen zu sein.

Aber Barrys Antwort war unerwartet gewesen, und sie hatte ihn entsetzt angesehen, als er sagte:

»Ich fürchte, es wird sehr lange dauern, bis wir uns wiedersehen. Ich reise Ende nächster Woche nach Indien.«

»Wie lange werden Sie weg sein?« hatte Diana nach einer langen Pause gefragt, und es war ihr so vorgekommen, als hätte ihre Stimme unnatürlich geklungen, wie aus weiter Ferne und völlig gefühllos.

»Ich weiß nicht. Ich kann nie sagen, wie lange mich Indien festhält«, hatte Barry achselzuckend gesagt.

Diana hatte gefürchtet, sie würde ihr Geheimnis herausschreien, sie würde ihm sagen, daß sie ihn liebe; sie wollte ihn bitten zu bleiben oder sie mitzunehmen. Doch dann brachte sie sich unter Kontrolle.

Sie hatte sich von ihm verabschiedet und war sich dabei dessen bewußt gewesen, daß sie eines der tapfersten Dinge ihres Lebens vollbracht hatte.

»Wenn ich nur etwas von ihm hören würde«, dachte Diana.

Sie hatte erfahren, daß er gut in Indien angekommen war. Eine der Zeitungen hatte über seine Reise mit dem Flugzeug berichtet. Aber nach jenen wenigen nüchternen, gedruckten Worte hatte das Schweigen ihn verschluckt.

Jeden Abend ging sie mit seinem Namen auf den Lippen zu Bett, und wenn sie am Morgen aufwachte, galt ihr erster Gedanke ihm, und allmählich drang er in ihre Träume ein.

Jeder Tag, der verstrich, schien ihre Liebe und Sehnsucht noch zu vergrößern.

Sie wünschte sich so sehr, bei ihm zu sein, daß sie sich

fragte, ob es möglich war, daß die Kraft ihres Wunsches ihn vielleicht erreichte, wo immer er auch war.

Manchmal stand sie am Fenster, dachte an ihn und sandte sehnsüchtige Gedanken zu ihm aus.

Wie oft hatte sie über Gedankenübertragungen gelesen, hatte wundervolle Geschichten gehört von Leuten, die einander über die ganze Welt hinweg riefen.

Aber sie erhielt keine Antwort und keine Nachricht, wie es ihm ging und was er tat.

In der Zwischenzeit wurde Hugo immer hartnäckiger. Wie er vor vielen Monaten im ›Quaglino‹ versprochen hatte, kam er in das Haus am Grosvenor Square und wurde von den Schnibers warm willkommen geheißen.

Diana fiel es schwer, ihm aus dem Weg zu gehen, denn er kam vorbei, wann immer es ihm paßte.

Mrs. Schniber machte zuerst viel Wesens um ihn in der Hoffnung, daß er Ruth heiraten würde, aber selbst ihr mütterliches Auge war nicht blind für die Tatsache, daß er Ruth langweilig fand und seine ganze Aufmerksamkeit sich allein auf Diana richtete.

Als Mrs. Schniber die Wahrheit zur Kenntnis nahm, kam ihre gute Natur zum Vorschein, und sie ermutigte Hugo um Dianas willen, so wie sie es für ihr eigenes Kind getan hätte.

Aber Hugo machte Diana trotzdem keinen Heiratsantrag, sondern ergriff nur die nicht sehr zahlreichen Gelegenheiten, mit ihr allein zu sein, um ihr mit seinem meisterhaften Charme seine Liebe zu erklären.

Diana fiel es schwer, ihm zuzuhören. Sie mochte ihn, und manchmal spürte sie, daß er auf eine merkwürdige Weise ein letztes Bindeglied zu ihrer Vergangenheit war.

Hugo schmeichelte ihr, und sie konnte sich nicht verhehlen, daß sie manchmal, wenn sie einsam und niedergeschlagen war, seine Komplimente genoß.

Es war schwierig, dachte sie ein wenig bitter, zufrieden mit sich und so voller Selbstvertrauen zu sein, wenn man nur ein bezahlter Dienstbote war.

Komplimente waren das, was sie von ihrem früheren Leben am meisten vermißte.

Wenn Hugo in seiner umwerfenden, charmanten Art mit ihr sprach oder ihr schmeichelte, durch die jedes weibliche Wesen sich wie eine Göttin vorkam und sich sogar das schlichteste Mädchen für eine Schönheit hielt, brachte dies einen gewissen Trost in Dianas alltägliches Leben.

Hugo war der einzige Mensch, der sie genauso behandelte wie früher. Ihre anderen Bekannten waren in ihrer Gegenwart leicht befangen oder herablassend oder etwas unaufmerksam.

Allmählich war das Interesse an ihr abgeflaut. Sie konnte jetzt ein Restaurant besuchen, ohne daß die Leute über ihre Vergangenheit flüsterten oder sie mit jener unverschämten Anmaßung anstarrten, mit der die Gesellschaft die Berühmten oder die Berüchtigten bedenkt, als wären sie eine bisher unbekannte Spezies.

Sie hatte sich darin geübt, weniger empfindlich als am Anfang zu sein, und sie war abgehärteter gegen die Geringschätzung, selbst wenn diese beabsichtigt war.

Trotzdem war sie sich ihrer Sonderstellung immer noch bewußt.

Der finanzielle Zusammenbruch ihres Vaters hatte zweifellos sehr viele Menschen geschädigt, und nicht nur die Anteilseigner der in Mißkredit geratenen Firmen, mit denen er verbunden gewesen war.

Sein plötzlicher Tod hatte die Börsenkurse gedrückt, und es gab viele Leute, die ihn verfluchten, obwohl er ihnen persönlich unbekannt war, da er den Markt und ihre Brieftasche geschädigt hatte.

Der Headley-Skandal war immer noch ein Markstein unter den Ereignissen des letzten Jahres, und Diana erschrak immer noch unwillkürlich, wenn ihr Name fiel, und wünschte, unbemerkt den Blicken all derjenigen entfliehen zu können, die sie und ihre Herkunft kannten.

Jimmy hatte es besser, da seine angenommene Identität es ihm ermöglichte, die peinlicheren Begegnungen zu vermeiden. Aber er lebte ständig in der Furcht, daß seine Maskerade aufgedeckt wurde.

Bis jetzt kam er gut zurecht und hatte sich verbessert, was sowohl seine Stellung als auch sein Gehalt anbetraf. Diana glaubte sicher, daß er früher oder später vorankommen würde, denn er konnte hart arbeiten und war ein konstruktiver Denker.

Mrs. Schniber hatte sie gebeten, ungefähr zweieinhalb Pfund für ein Hochzeitsgeschenk auszugeben, und Diana schwankte zwischen einem modernen Zierrat aus Porzellan in lebhaften Farben und einer gläsernen Tischdekoration.

Als sie aufblickte, um einen Verkäufer zu suchen, sah sie Loelia die Treppe herunterkommen.

»Loelia!« rief sie fröhlich und eilte auf sie zu.

Sie umarmte und küßte ihre Freundin liebevoll.

»Wie schön, dich zu sehen«, sagte Loelia. »Du bist eine Schurkin, Diana! Du hast mir eine ganze Woche lang nicht geschrieben!«

»Ich habe nichts erlebt, was aufregend genug gewesen wäre, um dir darüber zu berichten«, gestand Diana. »Es war lieb von dir, mich zu Weihnachten einzuladen, aber ich konnte nicht weg. Die Schnibers hatten ein Familienfest und wollten, daß ich bei ihnen blieb und die langweiligeren unter ihren Verwandten unterhielt.«

»Armer Liebling«, sagte Loelia. »Ich wollte, du hättest zu uns kommen können. Wir hatten eine wunderschöne Zeit, und ich gab für Robin eine entzückende Kinderparty. Ich glaube, Jack und ich haben es ebenso sehr genossen wie Robin, wenn nicht noch mehr.«

Als Loelia ihren Einkauf getätigt hatte und Diana sich schließlich für eine Tischdekoration entschied, gingen sie zusammen Arm in Arm die Treppe hinauf, plauderten fröhlich miteinander, lachten und planten ein baldiges Wiedersehen.

Als sie oben an der Treppe angekommen waren, stieß Loelia einen leisen Schrei aus:

»Meine Liebe, ich hatte keine Ahnung, daß es schon so spät ist. Ich muß fliegen! Ich treffe Jack am Bahnhof. Wir fahren mit einem früheren Zug nach Hause.«

Die beiden Frauen eilten auf den Haupteingang zu, und der Portier rief für Loelia ein Taxi.

Da stellte Diana die Frage, die ihr schon die ganze Zeit auf der Zunge gelegen hatte.

»Hast du etwas von Barry gehört? Wie geht es ihm?«

»Barry? Oh, es geht ihm sehr gut. Er schrieb Jack im letzten Brief, daß er in ein Kloster eingetreten ist.«

Diana stand ganz still da. Sie versuchte zu verstehen, versuchte zu begreifen, was Loelia eben gesagt hatte, und als die Wagentür geöffnet wurde und Loelia in das Taxi stieg, rief sie:

»Er ist in ein Kloster eingetreten? Was meinst du damit?«

»Barry ist ein buddhistischer Mönch geworden. Das ist alles, was ich weiß. Ich muß jetzt fahren – leb wohl, Liebste.«

Loelia winkte, als das Taxi abfuhr, und ließ Diana auf dem Gehsteig zurück.

Diana sah ihr nach, ohne auf die vorübergehenden Fußgänger zu achten, die an sie stießen, sich entschuldigten und weitergingen, während Diana von ihrer Existenz nichts bemerkte.

Der Portier fragte:

»Taxi, Miß?«

Dann wiederholte er seine Frage, da sie nicht antwortete.

Die Bedeutung seiner Worte drang allmählich in ihr Bewußtsein.

»Nein, danke«, sagte sie, wandte sich um und ging die Duke Street hinab. Dann bog sie in die Jermyn Street ein.

Sie ging ziellos weiter, ohne darauf zu achten, wohin sie ging. Sie bemerkte nichts von ihrer Umgebung.

Es ist nicht wahr, sagte sie. Es kann nicht wahr sein, daß Barry in ein Kloster eingetreten und weiter von ihr entfernt war denn je... Für immer?

Plötzlich wurde ihr schwindelig, und sie konnte nicht weitergehen. Sie blieb stehen und sah sich nach einem Halt um. Da bemerkte sie, daß sie in der Jermyn Street war, direkt gegenüber dem ›Apéritif-Grill‹. Der Name stand in großen, purpurnen Lettern auf der anderen Straßenseite. Sie überquerte die Straße und ging durch die Drehtür.

Es war schon Nachmittag, und die Mittagessensgäste waren fast alle gegangen.

In der fernen Ecke saßen nur noch einige wenige

Paare und unterhielten sich miteinander, ohne auf ihre Umgebung zu achten, ganz mit sich selbst beschäftigt.

Der *maitre d'hôtel* kam herbeigeeilt und erkannte Diana.

»Guten Tag, Miß Headley«, sagte er, »kann ich etwas für Sie tun?«

»Mir ist schrecklich schlecht«, sagte Diana. »Würden Sie mir bitte einen Cognac bringen?«

Diana ließ sich in einen der roten Ledersessel nahe der Tür fallen.

Der *maitre d'hôtel* war sehr besorgt. Er brachte ihr rasch ein kleines Glas Cognac – keinen Augenblick zu früh, denn es kam Diana so vor, als würde sich die ganze Welt um sie herum drehen und sie würde jeden Augenblick in Dunkelheit versinken.

Der Alkohol brannte in ihrer Kehle, und das Blut stieg ihr wieder in den Kopf.

»Geht es Ihnen besser?« fragte der *maitre d'hôtel* besorgt. »Kann ich noch etwas für Sie tun?«

Diana dankte ihm mit einem schwachen Lächeln.

»Jetzt geht es mir wieder gut«, sagte sie.

Plötzlich rief eine Stimme ihren Namen, und Hugo eilte durch das Restaurant auf sie zu.

Er nahm ihre Hand, und als sie zu ihm aufblickte, beugte er sich mit besorgter Miene zu ihr hinunter.

Zu ihrer eigenen Bestürzung brach sie in Tränen aus.

»Oh, Hugo, bitte bring mich nach Hause«, sagte sie schluchzend.

Ein Brief von Loelia lag auf Dianas Schreibtisch. Er war etwa eine Woche alt, und Diana hatte ihn liegengelassen und ihn immer wieder gelesen.

Es war kein langer Brief, und der größte Teil davon

enthielt lediglich einen Bericht über die alltäglichen Vorgänge im Huntsman's House, aber im letzten Absatz schrieb Loelia:

> Barry hat Jack geschrieben, daß er in das buddhistische Kloster in Baltar eingetreten ist. Er ist sehr glücklich, und das klösterliche Leben sagt ihm offenbar zu. Barry hat ein höchst interessantes Manuskript geschickt. Ich freue mich darauf, die Übersetzung zu lesen.

Nichts weiter – was gab es da auch mehr zu sagen? fragte sich Diana.

Barry ein Mönch! Der heitere, fröhliche Barry, der mit Robin herumgetollt hatte, der sie geneckt und ihren wilden Galopp über die Hügel genossen hatte, trug jetzt eine gelbe Kutte und sollte jeden Besitz außer seiner Bettelschale aufgegeben haben?

»Das kann nicht wahr sein«, sagte sich Diana.

Seine Religion war eine Philosophie gewesen, eine Philosophie, die nicht an irgendeine bestimmte Richtung gebunden war.

Hatte er die Einsamkeit der Zelle gesucht, die Ruhe des geregelten Lebens, oder war er vom Glauben davongetragen worden, von der Religion, die er seit Jahren studiert hatte?

Diana stellte sich diese und viele andere Fragen und fand keine Antwort. Sie wußte nur, daß diese Nachricht das Ende aller ihrer Hoffnungen bedeutete.

Sie wollte jetzt nicht mehr weiterleben. Sie hatte kein Interesse an irgend etwas, das die Zukunft ihr vielleicht brachte. Konnte sie vom Leben noch etwas erwarten, das den Verlust des einzigen Menschen wettmachte, der ihr jemals begehrenswert gewesen war?

Barry hatte in ihr ein tiefes Gefühl geweckt, das in seiner Intensität fast erschreckend war, denn sie hatte nicht gewußt, daß sie selbst so tiefer Empfindungen fähig war.

Wie oft hatte sie früher über Leute gespottet, deren Herzen gebrochen waren. Sie hatte offen gesagt, daß jeder, der seine Gefühle und seine Liebe nicht kontrollieren könne, unbeherrscht und undiszipliniert war.

›Hysterisch‹ hatte es Diana damals genannt.

Aber nun wäre es für sie in ihrer eigenen Schwäche leicht, in das zu verfallen, was man im viktorianischen Zeitalter ›Auszehrung‹ nannte.

Dahinzuwelken, nur weil sie nicht den Willen hatte, an etwas anderes zu denken, kein Interesse an irgend etwas, das das Leben ihr bot, und weil für sie das einzig Wünschenswerte der Tod war, denn er bedeutete Vergessen.

Sie ließ sich während der nächsten Wochen treiben, als befände sie sich in einem Traum, und die Schnibers waren ernsthaft besorgt.

Sie verstanden diesen plötzlichen Wandel nicht, der in Diana vorgegangen war – ihr blasses Gesicht, ihre Apathie, ihr mangelndes Interesse an allem, was um sie herum geschah.

Wäre sie in diesem Zustand nach dem Tod ihres Vaters zu ihnen gekommen, hätten sie es verstehen können. Aber dieser Wandel war über Nacht eingetreten, und es war, soweit sie wußten, nichts geschehen, was man in irgendeiner Weise als Tragödie hätte betrachten können.

Mrs. Schniber sprach mit Diana, erhielt aber keine befriedigende Antwort. Sogar Ruth raffte sich auf und fragte Diana, was sie bekümmere, bekam aber nur gesagt, es fehle ihr nichts.

Die Tage verstrichen. Sie kamen Diana wie Jahre der Einsamkeit und eines Elends vor, das so groß war, daß es in ihr eine tiefe Depression auslöste. Ihr schien es so, als sänke sie immer tiefer, bis alle ihre inneren Kräfte aufgezehrt sein würden.

Und dann kam Mrs. Schniber zu dem Schluß, daß das ganze Elend durch Hugo ausgelöst worden sein mußte.

Es gab keinen anderen Grund, dachte Mrs. Schniber, was Diana so unglücklich machen konnte. Deshalb beschloß sie, mit Hugo zu reden und ihm ihre Erkenntnis mitzuteilen.

»Ich habe dieses Kind wirklich gern«, sagte sie zu ihrem Mann. »Schließlich ist sie uns sehr nützlich. Ihre Gesellschaft heitert Ruth auf, und ich kann nicht dulden, daß Diana sich wegen eines Mannes verzehrt, Lord hin oder her. Findest du nicht, daß ich recht habe?«

»Natürlich hast du recht«, antwortete Mr. Schniber geistesabwesend.

Hugo, der einen Besuch machte, war überrascht, als er hörte, daß Mrs. Schniber ihn im Boudoir sprechen wollte.

Er ging die breite, mit einem purpurnen Teppich belegte Treppe hinauf in das übermäßig vergoldete und mit zu vielen Kissen und Taftvorhängen ausgestattete Boudoir, das gelegentlich von Mrs. Schniber benutzt wurde, wenn sie mit der Köchin sprach. Ansonsten war es jahrein, jahraus unbewohnt.

Mrs. Schniber kam in einem engen schwarzen Samtkleid, das mit weißem Hermelin verziert war, herangeeilt, als ihr Besucher angekündigt wurde.

Sie war sichtlich nervös, und Hugo fragte sich, was

um alles in der Welt geschehen war, ehe sie endlich zum Wesentlichen kam.

»Sie werden es merkwürdig von mir finden, Lord Dalk«, sagte sie aufgeregt, »aber ich muß mit Ihnen unter vier Augen sprechen. Ich weiß natürlich, daß es mich nichts angeht, und ich sollte mich eigentlich nicht einmischen, aber ich mag das liebe Kind so sehr, und es bricht mir das Herz, wenn ich sie so sehe.«

»Wen?« fragte Hugo. »Wen meinen Sie? Diana?«

Mrs. Schniber nickte.

»Ja, Diana. Sie müssen wissen, Lord Dalk, daß sie nicht mehr sie selbst ist. Sie ißt nichts. Sie sieht schrecklich schlecht aus. Ich habe meine eigenen Gründe zu glauben, daß sie sich jeden Abend in den Schlaf weint.«

»Guter Gott«, sagte Hugo. »Was glauben Sie, was ihr fehlt?«

Mrs. Schniber sah ihn an, und ihre kleinen dunklen Augen waren halb geschlossen und sahen ihn wissend an.

Dann legte sie ihre dicke, beringte Hand auf seinen Arm.

»Die Liebe«, sagte sie bestimmt.

»Die Liebe?« wiederholte Hugo erschrocken. »Zu wem?«

»Nun«, sagte Mrs. Schnibers schelmisch, »ich glaube, das müssen Sie selbst beantworten, Lord Dalk. Sicherlich können Sie es erraten.«

»Ich... Sie meinen... ich?« sagte Hugo und stand auf. »Meine liebe Mrs. Schniber, ich fürchte, Sie irren sich.«

Mrs. Schniber schüttelte den Kopf.

»O nein, ich weiß, daß ich recht habe«, sagte sie.

»Meinen Sie wirklich«, sagte Hugo ungläubig, »daß diese Veränderungen, die in Diana vorgegangen sind – ich habe es während der letzten Tage selbst bemerkt, wie ich zugeben muß – daß diese Veränderungen auf Liebe zu mir zurückzuführen sind?«

Mrs. Schniber nickte.

Hugo sah sie eine Weile irritiert an.

»Ich weiß nicht, ob Sie recht haben«, sagte er schließlich nachdenklich.

»Ich bin sicher, daß ich recht habe, und ich glaube, es ist an der Zeit zu sprechen.«

»Zu sprechen?« wiederholte Hugo fragend. Und dann verstand er. »Oh – Sie meinen, ich sollte Diana einen Heiratsantrag machen.«

»Gewiß«, sagte Mrs. Schniber. »Und es ist höchste Zeit, wenn Sie mir verzeihen, daß ich das sage. Sie haben meines Wissens gut über ein Jahr lang Diana Ihre Aufmerksamkeit geschenkt. Sie kommen sehr oft hierher, um sie zu sehen – natürlich regt sich ein Mädchen auf, wenn ein Mann ihr keinen Antrag macht.

Ich weiß noch, wie es war, als Simon mir den Hof machte«, fuhr sie fort. »Ich war lange Zeit nicht sicher, ob er es ernst meinte, und ich war so unglücklich. Ich weinte mich oft in den Schlaf.

Oh, Simon war sehr vorsichtig – genau wie Sie! Er zögerte, sagte nie etwas, und als er mich schließlich fragte, nun, ich kann es ruhig zugeben, da sprang ich ihm in die Arme! Ich liebte ihn, wissen Sie, und was mehr ist, ich habe es nie bereut!«

Hugo bewunderte Mrs. Schniber in diesem Augenblick. Sie kämpfte um Dianas Glück, wie sie um das ihres eigenen Kindes gekämpft hätte.

Sie enthüllte unter dem Schein der Oberflächlichkeit,

unter dem sie sich die letzten Jahre verborgen hatte, ein gütiges, freundliches Herz, das nicht vergessen hatte, wie sehr die Dinge schmerzen, wenn man jung ist.

Impulsiv streckte er ihr seine Hand hin.

»Ich werde Diana bitten, mich zu heiraten«, sagte er einfach.

Mrs. Schniber strahlte ihn an.

»Warten Sie hier, warten Sie hier!« sagte sie aufgeregt wie ein Kind. »Ich schicke Sie Ihnen her. Du meine Güte, ich komme mir wieder ganz jung vor.«

Sie ging strahlend zur Tür und drehte sich dann um.

»Sie werden Sie glücklich machen«, sagte sie. »Sie sind ein guter Mensch.«

Dann wischte sie sich eine Träne aus dem Augenwinkel, ging hinaus und schloß leise die Tür hinter sich.

Hugo, alleingelassen, ging unruhig auf und ab. Er versuchte, nachzudenken, er versuchte, seine Gedanken zu sammeln.

Er wollte Diana besitzen, er liebte sie. Ihm war während der vergangenen Monate klar geworden, daß er ohne sie nicht leben wollte und daß er ihr früher oder später einen Heiratsantrag machen würde.

Aber er schob den Tag vor sich her, ließ die Zeit verstreichen, war nicht erpicht darauf, sich jetzt schon festzulegen, weil er sich sagte, daß es nicht schaden könnte, ein wenig Zeit verstreichen zu lassen, bis der Skandal wegen des Todes ihres Vaters in der Erinnerung der Öffentlichkeit verblaßte.

Als die Pleite bekannt geworden war, war es Hugos erster Gedanke gewesen, daß er selbst gut davongekommen war.

Er hatte nie vorgehabt, ein mittelloses Mädchen, das dazu noch einen verrufenen Namen trug, zu heiraten.

Er war mit der Vorstellung aufgewachsen, daß er Geld heiraten mußte, und die Tatsache, daß er sich in Diana verliebt hatte, hatte diese Vorstellung nur noch selbstverständlicher gemacht.

Er hatte in seinem Leben viele reiche Erbinnen kennengelernt. Aber er war wählerisch genug gewesen, darauf zu achten, daß sie, was ihre Schönheit und ihre Jugend anbetraf, seinem Geschmack entsprachen.

Bei den seltenen Gelegenheiten, bei denen er beides in einer Person gefunden hatte, war er in eine hübsche verheiratete Frau verliebt gewesen und hatte deshalb seine ganze Aufmerksamkeit auf seine augenblickliche Liebesaffäre gerichtet.

Und dann hatte ihn Diana mit ihrer kühlen Anziehungskraft begeistert. Und sie war um so willkommener gewesen, als sie eine reiche Erbin war. Vor der Pleite ihres Vaters hatte sich Hugo oft gefragt, ob er Diana auch ohne ihr Geld anziehend finden würde, und er wußte jetzt, daß die Antwort ›Ja‹ lautete.

Aber er hatte die Prüfung einer so großen Tragödie wie Sir Roberts Tod nicht bestanden.

Wenn es nur eine Frage des Geldes gewesen wäre, hätte es ihn nicht weiter gestört, aber Hugo hatte sich während jener Tage wie ein Schurke benommen und seinen Heiratsantrag von der Nacht vor dem Selbstmord Sir Roberts nicht wiederholt.

Die Verbindung seines Namens, auf den er so stolz war, mit dem der Tochter eines Betrügers ließ ihn zögern und vor seinem Gewissen Ausflüchte machen.

Er ging Diana aus dem Weg, aber als er sie zufällig in Monte Carlo wiedertraf, liebte er sie mehr denn je.

Die Wehmut, die sie ausstrahlte, erregte ihn mehr, als es ihre Selbstsicherheit jemals getan hatte.

Hugo mochte es, wenn Frauen Schutz bei ihm suchten, und obwohl er ihren Mut spürte und bewunderte, hatte die neue Diana etwas Hilfloses an sich, das gegen die Welt ankämpfte.

Und trotzdem hatte er immer noch gezögert.

Die Ehe war ein großer Schritt. Und eine Ehe ohne Mitgift bedeutete, daß er einen beträchtlichen Teil seines Wohllebens aufgeben mußte, an das er sich gewöhnt hatte.

Es bedeutete auch, daß er häuslich werden mußte. Nicht, als ob diese Tatsache ihn sehr bekümmert hätte. Seit er Diana kannte, war es Hugo immer schwerer gefallen, in der Gesellschaft einer anderen Frau auch nur ein geringes Vergnügen zu finden.

Irgendwie schienen neben ihr alle Frauen farblos zu sein. Es fehlte ihnen Dianas Vitalität, die fundamentale Kraft, die sie immer besessen hatte und die sich als Persönlichkeit ausdrückte.

Als Mrs. Schniber jetzt mit ihm gesprochen hatte, wollte Hugo über die ganze Situation lauthals lachen. *Er* wurde von einer alten Frau zur Ehe gedrängt!

Er sollte sagen, daß seine Absichten ehrenwert waren!

Während Mrs. Schniber gesprochen hatte, erinnerte sich Hugo plötzlich an jenen Tag, an dem er Diana zufällig im ›Apéritif‹ getroffen hatte.

Er hatte sie später in seinem Wagen nach Hause gefahren. Diana war schweigsam und hatte vor sich hingestarrt, und die Tränen waren noch feucht auf ihren Wangen gewesen.

Er hatte sich gefragt, was sie so erschüttert haben konnte, aber er war zu rücksichtsvoll gewesen, um ihr Fragen zu stellen.

Als sie am Grosvenor Square angekommen waren, hatte Diana ›Danke‹ gemurmelt, während er ihr aus dem Wagen geholfen und dann ihre Hand an seine Lippen gehoben hatte.

Diana einsam – Diana unglücklich!

Ungeduldig ging Hugo im Boudoir auf und ab, und dann öffnete sich die Tür, und Diana stand vor ihm. Ihm fiel auf, wie mager sie geworden war.

Unter ihren Augen waren dunkle Ringe, und sie war sehr blaß. Sie sah ihn fragend an.

»Mrs. Schniber sagt, du wolltest mich unter vier Augen sprechen«, sagte sie.

Sie sah so rührend aus, so kindlich und auf eine merkwürdige Weise so einsam, daß Hugo seinem ersten Impuls gehorchte. Er ging durch das Zimmer auf sie zu und umarmte sie besitzergreifend.

»Diana, Liebling«, sagte er. »Wir werden heiraten. Ich möchte, daß du meine Frau wirst. Ich möchte für dich sorgen. Du wirst mich heiraten, nicht wahr, mein Liebling?«

Diana rührte sich nicht in seinen Armen. Sie legte ihren Kopf an seine Schulter, als wäre sie zu müde, um ihn länger zu halten.

Er konnte ihr Gesicht nicht sehen, nur ihr goldbraunes Haar und die Locken vor ihrem weißen Hals.

Hugo wartete auf ihre Antwort, und beide standen sehr still da.

»Wenn du mich haben willst, Hugo«, sagte Diana mit zaghafter Stimme, »werde ich dich heiraten.«

Zehntes Kapitel

Diana öffnete die drei Päckchen, die in der Halle am Grosvenor Square lagen.

Zwei von ihnen enthielten fast identische Buttermesser, das dritte Päckchen ein besonders häßliches Tintenfaß aus Porzellan.

Diana trug sie durch die Halle und den Korridor hinab in den Ballsaal, wo lange Tische für die Hochzeitsgeschenke aufgestellt worden waren – Dutzende von Gläsern und Vasen, fünf Cocktail-Shaker, Frühstücks- und Teeservice und eine endlose Kollektion von Schreibunterlagen aller Größen und Lederarten.

Sie legte die neuen Gaben zu den passenden Geschenken und notierte sie in einem Heft unter ›Geschenke – noch nicht bedankt‹.

In diesem Augenblick kam Jean, die Sekretärin, herein.

»Hallo, Diana«, sagte sie, »ich habe überall nach Ihnen gesucht. Die *Amalgamated Press* möchte wissen, ob sie ein Foto von Ihnen und Lord Dalk mit den Hochzeitsgeschenken aufnehmen dürfen. Wäre Ihnen fünf Uhr recht? Der Fotograf kommt um diese Zeit.«

»Wie Sie wollen«, sagte Diana gleichgültig. Ihre Stimme drückte vollständige Interesselosigkeit aus.

»Müde?« fragte Jean.

Diana nickte.

»Ein wenig. Ich war eben bei der Anprobe für das Hochzeitskleid.«

»Wie wird es?« fragte Jean.

»Nicht schlecht«, erwiderte Diana teilnahmslos. »Sie hatten recht, als Sie zu Chiffonsamt geraten haben. Ich glaube, er ist hübscher als Samt.«

»Und der Kranz?« fragte Jean.

»Ich habe mir nicht die Mühe gemacht, ihn aufzusetzen«, antwortete Diana. »Er sah am Mannequin recht gut aus.«

Jean schob geistesabwesend ein paar Gläser auf dem Tisch hin und her.

»Was ist los mit Ihnen, Diana?« fragte sie schließlich, nachdem sie sich die Frage gut überlegt hatte.

»Was meinen Sie damit?« fragte Diana.

»Das, was ich sage«, antwortete Jan. »Was ist los mit Ihnen? Sie sind nicht Sie selbst. Sie waren diesen ganzen Monat nicht Sie selbst und den letzten übrigens auch nicht.«

Sie schwieg kurz und fuhr dann fort: »Sie sollten das glücklichste Mädchen der Welt sein. Sie bekommen alles, was Sie sich wünschen. Sie erhalten wieder Ihre alte gesellschaftliche Stellung und den Mann, den Sie lieben.«

Eine Kaffeetasse, mit der Diana gespielt hatte, fiel ihr aus der Hand und zerbrach auf dem Fußboden.

Jean blickte Diana überrascht an.

»Haben Sie jemals geliebt?« fragte Diana.

»Ist das Ihr Ernst?« fragte Jean. »Lieben Sie Hugo nicht?«

Diana sah sie unglücklich an.

»Sie Närrin!« sagte Jean plötzlich. »Sie Närrin, Diana! Warum um alles in der Welt heiraten Sie ihn dann?«

Diana antwortete nicht. Statt dessen bückte sie sich und hob die Scherben auf.

»Machen Sie sich keine Gedanken über mich«, sagte

Diana. »Jetzt kann man sowieso nichts mehr daran ändern, Jean. Es ist zu spät, und es ist auch gleichgültig.«

Ohne ein weiteres Wort zu sagen, ging sie hinaus, und Jean stand lange Zeit zwischen den Geschenken da und blickte ihr nach.

Oben dachte Diana an Loelia, die mit Jack zur Hochzeit kommen wollte. Sie hatte Diana versprochen, ihr bei den letzten Vorbereitungen zu helfen.

Diana ging zum Telefon und rief im ›Ritz‹ an, wo sie gewöhnlich logierten.

»Ist Mrs. Standish schon angekommen?« fragte sie.

»Ich verbinde«, war die Antwort, und einen Augenblick später sprach sie mit Loelia selbst.

»Komm sofort vorbei«, rief Loelia fröhlich ins Telefon. »Ich kann es gar nicht abwarten, bis ich die Braut sehe. Liebste, ich habe dir eine Menge zu erzählen, aber was noch wichtiger ist, wir haben ein Geschenk für dich und hoffen, es wird dir gefallen.«

»Wie lieb von euch«, erwiderte Diana.

»Oh, übrigens«, sagte Loelia, »ich weiß, das wird dich interessieren. Wir haben eben erfahren, daß Barry auf der Heimfahrt von Indien ist.«

»Auf der Heimfahrt?« wiederholte Diana mit leiser Stimme. »Was meinst du damit? Ich dachte, er sei in ein Kloster eingetreten.«

»Oh, das war er auch. Das ist eine wahnsinnig interessante Geschichte. Um eines dieser herrlichen Manuskripte ausleihen zu dürfen, diente er drei Monate lang als Mönch und bewies dadurch seine Aufrichtigkeit. Du weißt, buddhistische Mönche müssen kein Gelöbnis ablegen. Sie können kommen und gehen, wie es ihnen gefällt. Aber Barry mußte sich genauso verhalten wie alle anderen Mönche.

Jack wird dir seinen Brief vorlesen. Es ist eine irrsinnig aufregende Geschichte, und Jack ist ganz aus dem Häuschen wegen des Manuskripts. Es soll aus den echten Diamond-Schriften stammen.«

»Dann... dann... dann ist er wieder frei?« fragte Diana schwach.

»Natürlich«, erwiderte Loelia. »Wenn du bei uns bist, werden wir dir den Brief vorlesen.«

Diana hängte hart den Hörer ein. Dann schlug sie die Hände vors Gesicht und flüsterte immer wieder:

»Was habe ich getan?«

Zehn Minuten später saß sie immer noch vor dem Telefon. Schließlich stand sie auf und ließ den Butler kommen.

»Bitte rufen Sie Mrs. Standish im ›Ritz‹ an und sagen sie ihr, ich sei unabkömmlich und könne sie leider nicht besuchen«, sagte sie.

Sie ging die Treppe hinauf in ihr Zimmer und verschloß die Tür hinter sich.

Dann begann sie fieberhaft den Koffer zu packen. Sie mußte Zeit gewinnen.

Der Zug kam pünktlich um 9.17 Uhr in Dewsbury an.

Auf dem kleinen Provinzbahnhof standen ein ziemlich mürrischer Dienstmann und eine dicke Frau mit einem Marktkorb, die nach Worcester fahren wollte.

Diana stieg mit ihrem Koffer aus dem Dritter-Klasse-Abteil, dessen einziger Fahrgast sie während der letzten drei Stunden gewesen war. Sie stand da und blinzelte in den hellen Morgensonnenschein.

Der Zug dampfte langsam und geräuschvoll und mit zuschlagenden Wagentüren aus dem Bahnhof. Diana gab dem Dienstmann ihre Fahrkarte und verließ den

Bahnhof mit der Unsicherheit eines Menschen, der nicht recht wußte, wohin er gehen sollte.

Dewsbury, am Ufer des Flusses Severn, war eine der vielen alten, malerischen Städte, in die die Touristen im Sommer schwärmen.

Vor dem Bahnhof blieb Diana stehen, setzte sich auf ihren Koffer und betrachtete die Stadt, die vor ihr lag.

Sie hatte den Koffer gepackt und dann einige Stunden lang Briefe geschrieben, Briefe, die schwieriger zu formulieren waren als alle, die sie jemals geschrieben hatte.

Als die Morgendämmerung angebrochen war, hatte sie die Vorhänge zurückgezogen, um den Tag willkommen zu heißen. Sie hatte Hut und Mantel genommen und mit ihrem Koffer unauffällig und lautlos das Haus am Grosvenor Square verlassen.

Sie hatte in jenen Stunden Zeit gehabt, über vieles nachzudenken – wohin sie gehen und was sie tun sollte.

Ihr erster Impuls war es gewesen, Loelia um Hilfe zu bitten, aber sie wußte, daß Loelia die erste wäre, bei der sich Hugo nach ihr erkundigen würde.

Man würde dort nach ihr suchen, weil es fast selbstverständlich war, daß sie sich an ihre besten Freunde wenden würde, wenn sie in Nöten war.

Sie spürte auch, daß sie im Augenblick Loelias Fragen nach dem Warum und Wozu nicht beantworten konnte und warum sie sich im letzten Augenblick weigerte, Hugo zu heiraten.

Sie war zu dem Schluß gekommen, daß sie nur eines tun konnte, nämlich davonlaufen.

Sie war in Schwierigkeiten geraten und mußte sehen, wie sie diese allein bewältigte. Sie konnte sich dieses

Mal nicht überwinden, jemanden um Beistand zu bitten.

Sie wußte, es war in gewisser Hinsicht feige von ihr, fortzulaufen, anstatt Rede und Antwort zu stehen.

Sie wußte, daß sie sich schändlich benahm, daß sie sich unverantwortlich betrug, und doch sagte ihr eine Stimme, daß sie Hugo jetzt nicht mehr heiraten durfte.

Sie konnte in diesem Augenblick nicht begreifen, daß sie jemals eine Heirat mit ihm erwogen hatte. Sie wußte, es war Schwäche, es war der Weg des geringsten Widerstandes gewesen, den sie gewählt hatte, weil sie so unglücklich und alles so ausweglos erschienen war.

Aber sie wußte auch, als sie in ihrem Zimmer am Grosvenor Square saß, daß sie Hugo gern hatte, aber sie liebte Barry, und das Leben mit Hugo wäre eine Qual, solange es Barry gab.

Als sie erfahren hatte, daß Barry in ein Kloster eingetreten war, hatte sie das Gefühl gehabt, er wäre gestorben, und sie hatte gehofft, bei Hugo zwar kein Glück, aber Trost und eine Art Zufriedenheit zu finden.

Sie verachtete sich jetzt und verurteilte sich, weil sie sich etwas vorgemacht hatte.

Aber damals hatte sie Schutz in Hugos Armen gesucht und Zuflucht gefunden, und sie war ihren eigenen Gedanken entronnen und der Qual eines Lebens, aus dem alles, was sie für wesentlich hielt, verschwunden zu sein schien.

Und nun mußte sie sich abermals retten, sie mußte alles hinter sich lassen und dann der Zukunft in die Augen sehen.

Sie schrieb einen Brief an Mrs. Schniber, in dem sie ganz offen erklärte, daß sie Hugo nicht heiraten könne und nicht heiraten wolle und daß sie aus diesem Grund davonlief.

Sie entschuldigte sich für die Mißhelligkeiten, die sie ihnen verursachte. Aber irgendwie wußte sie, daß Mrs. Schniber das nichts ausmachen würde.

Sowohl sie als auch Ruth hatten durch die Hochzeitsvorbereitungen viel öffentliches Aufsehen erlangt, und jetzt, da die Hochzeit nicht stattfand, würden sie zweifellos erst recht in aller Munde sein.

Als Diana den Brief an Hugo zu schreiben begann, stockte ihre Feder.

Was sollte sie ihm sagen? Was konnte sie sagen? Sie ließ ihn im Stich, nicht nur persönlich in seiner Zuneigung, sondern auch vor der Öffentlichkeit, und das war schlimmer.

Wie konnte sie zu Papier bringen, was sie empfand, oder ausdrücken, wie sehr sie es bedauerte, was sie tat?

> Verzeih mir, verzeih mir. Ich würde Dich nur unglücklich machen, aber es ist mir schrecklich, daß ich Dich verletze. Bitte... bitte verstehe.

Als sie über den Grosvenor Square ging, wurde ihr klar, daß sie ein völlig neues Leben beginnen würde.

Als ihr Vater gestorben war, hatte sie geglaubt, ein neues Leben zu beginnen, aber sie hatte sich in das alte zurückgestohlen, durch die Hintertür, aber trotzdem in das frühere Leben.

Ihre Flucht war in der Tat ein Neubeginn. Sie konnte nicht mehr zurück, und sie würde es nicht einmal tun, wenn sie die Möglichkeit dazu hätte.

Sie wußte, daß Jimmy vielleicht der einzige Mensch

war, der verstehen würde, wie richtig ihre Entscheidung war.

Wohin sollte sie gehen?

Sie ging zum Paddington-Bahnhof, weil dieser am nächsten beim Grosvenor Square lag. Sie hatte sehr wenig Geld dabei.

Sie kam sich vor wie die Heldin eines Kitschromans.

Sie fragte einen Dienstmann, wohin der nächste Zug fuhr.

»Erster Halt in Oxford und danach alle Stationen bis Worcester«, erwiderte er.

Diana kannte die Strecke gut. Sie war sie oft nach Malvern gefahren. Und dann, als sie unentschlossen am Fahrkartenschalter stand, dachte sie an Dewsbury.

Sie kannte den kleinen Bahnhof und hatte oft die gepflegten Blumenbeete bewundert, die schläfrige Atmosphäre der Landschaft und den Blick auf die Stadt, die in der Ferne am Flußufer lag.

Deshalb löste sie eine Fahrkarte nach Dewsbury mit dem Gefühl, daß die Würfel gefallen waren. Aber sie wurde etwas nervös, als sie sah, wie wenig Geld ihr noch geblieben war, nachdem sie ihr Fahrgeld bezahlt hatte.

Nun war sie an ihrem Ziel angekommen, planlos, aber es tröstete sie, wenn sie daran dachte, daß sie nur wenige Meilen vom Huntsman's House in den Malvern Hills entfernt war.

Wenn es zum Schlimmsten kommen sollte, konnte sie kapitulieren und zu Loelia fahren, ihren Stolz vergessen und dankbar sein für eine Freundschaft, von der sie wußte, daß sie sie niemals im Stich lassen würde.

Sie nahm ihren Koffer und ging die Straße hinab.

Plötzlich stellte sie fest, daß sie Hunger hatte.

Als sie um die Straßenecke bog und zur Hauptstraße kam, sah sie eine kleine Tankstelle mit einer dazugehörigen Teestube auf der gegenüberliegenden Seite.

Ein Mann putzte gerade die Fenster und pfiff dabei eine populäre Melodie. Neben dem kleinen Haus, das wenig mehr war als ein leuchtend angemalter Schuppen, sah sie eine junge Frau Wäsche auf eine Leine hängen.

Sie überquerte die Straße und ging durch die bunt bemalte Tür. Der niedrige Raum war grob gezimmert und mit kleinen Tischen ausgestattet, auf denen hellgelbe Untersetzer lagen.

Wer immer das Lokal eingerichtet hatte, er hatte sich offenbar große Mühe gegeben, sich ein sparsames und gleichzeitig wirkungsvolles Farbschema auszudenken.

Auf jedem Tisch standen drei oder vier gelbe Blumen in kleinen grünen Vasen, während das Steingutgeschirr grob war, aber leuchtend und fröhlich mit seinem gelben Muster.

Wachstuchvorhänge in lebhaftem Grün standen in einem angenehmen Kontrast zu den Wänden, die mit gelber Temperafarbe gestrichen waren.

Alles war makellos sauber. Die groben Fußbodendielen waren offensichtlich frisch gebohnert, denn es roch nach Putzmittel.

Diana stellte ihren Koffer ab.

Der Mann, der die Fenster putzte, hatte sie eintreten sehen, und sie hörte ihn nach der jungen Frau pfeifen, die sie offensichtlich nicht gesehen hatte, da sie mit ihrer Wäsche beschäftigt gewesen war.

»Rose!« hörte sie ihn rufen. »Es ist jemand in der Teestube!«

Einen Augenblick später kam die junge Frau in das Lokal.

»Entschuldigen Sie«, sagte sie, »ich habe Sie nicht kommen sehen. Was wünschen Sie?«

»Ich hätte gern Kaffee, etwas Brot und Butter«, sagte Diana.

»Wünschen Sie auch ein Ei?«

Diana überlegte.

»Wieviel würde das kosten?« fragte sie.

»Ein verlorenes Ei auf Toast macht acht Pence«, antwortete sie.

Diana schüttelte den Kopf.

»Ich denke, ich nehme nur einen Kaffee und Brot und Butter – und vielleicht könnte ich etwas Marmelade bekommen.«

Die junge Frau lächelte.

»Es dauert nicht lange, wollen Sie sich nicht hinsetzen?«

Sie ging hinaus, und Diana setzte sich müde auf einen Stuhl an einem Tisch in der Ecke, wo sie vor dem Durchzug geschützt war.

Sie beobachtete, wie der Mann die Fenster fertig putzte, dann sah sie, wie ein Wagen vor der Benzinpumpe anhielt. Der Mann eilte hinüber, um ihn aufzutanken.

Offensichtlich ein verheiratetes Paar, dachte Diana, zumal die junge Frau schwanger war.

Diana hatte nur etwa drei bis vier Minuten gewartet, bis die Frau mit einem Topf dampfenden Kaffees, einem kleinen Brotlaib und einem Klecks gelber Butter wiederkam.

»Ich dachte, Sie schneiden sich das Brot lieber selbst«, sagte sie. »Das ist immer netter, nicht wahr?«

Diana lächelte sie an. Sie sah, daß die junge Frau kaum älter als zwanzig war. Ihr helles, kornfarbenes Haar war von der Sonne gebleicht, und ihre großen, grauen Augen schienen alles amüsant zu finden.

»Ist das Ihre eigene Garage und Ihre Teestube?« fragte Diana.

Die Frau nickte.

»Ja! Ist das nicht wunderbar? Es gehört alles uns, endlich! Ted hat vorher für einen Mann an der Straße nach Cheltenham gearbeitet, und wir haben jahrelang gespart, bis wir heiraten konnten. Schließlich konnten wir uns das hier kaufen. Ted ist sehr geschickt, wissen Sie, er hat alles selbst gemacht.«

»Sie sehen aber nicht so alt aus, daß Sie jahrelang hätten sparen können.«

Die Frau lächelte und errötete.

»Ich bin einundzwanzig«, gestand sie, »und ich liebe Ted, seit ich siebzehn Jahre bin. Wir wollten von Anfang an heiraten, aber es war ein bißchen schwierig, weil wir kein Geld besaßen.

Jetzt sind wir verheiratet und alles läuft gut. Wir wohnen hier schon fast einen Monat und haben schon eine ganze Menge Geld eingenommen. Es ist eine gute Lage direkt in der Nähe des Bahnhofs und auch um die Wagen aufzutanken.«

»Ich hoffe wirklich, daß Sie Erfolg haben«, sgte Diana.

»Das werden wir. Ted gelingt alles, wissen Sie. Er ist wirklich sehr praktisch.«

Diana war unwillkürlich von ihrer Naivität gerührt.

Sie mochte die junge Frau, und ihr gefiel auch der Mann, den sie offensichtlich sehr liebte.

Plötzlich, und zu ihrer eigenen Überraschung, hörte sich Diana fragen:

»Sie brauchen wohl nicht zufällig eine Kellnerin in der Teestube, oder?«

Die junge Frau sah Diana erstaunt an. Dann setzte sie sich auf den Stuhl Diana gegenüber.

»Suchen Sie Arbeit?« fragte sie.

»Ja«, sagte Diana, »ich muß eine finden, weil ich kein Geld habe.«

»Sie sehen nicht...« Sie zögerte, und dann errötete sie ein wenig. »Ich meine – ich möchte nicht zudringlich sein –, aber Sie sehen nicht wie eine Kellnerin aus.«

»Dafür kann ich nichts«, sagte Diana lachend. »Ich möchte aber eine sein.«

»Wirklich? Ich will Ihnen etwas sagen, wir fragen am besten Ted. Vielleicht weiß er etwas. Ich glaube nicht, daß wir uns hier eine Kellnerin leisten können.«

Ted wurde gerufen, und nach einem Augenblick kam er herein und wischte sich die Hände an einem Baumwolltuch ab.

»Das ist mein Mann«, sagte die junge Frau stolz. »Mr. Alcock.«

»Mein Name ist Marlowe«, sagte Diana, die schon im Zug beschlossen hatte, den gleichen Namen wie Jimmy anzunehmen; sie würde ihn sich leichter merken können, da sie sich schon daran gewöhnt hatte, ihm unter diesem Namen zu schreiben.

»Miß Marlowe«, sagte die junge Frau.

Ted schüttelte ihr herzlich die Hand.

»Ted, Miß Marlowe sucht eine Arbeit. Sie möchte gern wissen, ob sie hier bei uns als Kellnerin arbeiten kann.«

Ted sah sie nachdenklich an.

»Ich glaube nicht, daß wir uns jemanden leisten können. Und vorläufig brauchen wir auch niemanden. Natürlich werden wir in ein paar Wochen Hilfe brauchen«, fügte er hinzu und sah seine Frau bedeutungsvoll an. »Nur für kurze Zeit, während sie im Wochenbett ist, aber ich glaube nicht, daß wir jetzt gleich jemanden nehmen.«

»Wirklich nicht?« fragte Diana.

Irgendwie hatte sie das Gefühl, daß sie mit diesem netten, freundlichen Paar zusammen sein wollte.

Plötzlich wurde ihr bewußt, was es bedeutete, ohne Qualifikation und ohne Referenzen in einer fremden Stadt Arbeit zu suchen.

»Ich könnte einfach nur für Trinkgeld arbeiten«, sagte Diana, »das würde mir zum Leben reichen.«

Ted kratzte sich am Kopf.

»Die Leute hier geben nicht viel Trinkgeld«, sagte er. »Viele Kunden geben überhaupt keines, weil sie wissen, daß es unser Lokal ist. Aber wenn Sie bei uns angestellt wären, würde vielleicht der eine oder andere etwas geben – sofern die Leute Sie nicht für eine Dame halten.«

»Ich will versuchen, keine zu sein«, sagte Diana lachend.

»Das ist genau das, was ich auch gesagt habe«, unterbrach Mrs. Alcock. »Sie sieht nicht wie eine Kellnerin aus, nicht wahr?«

»Oh, mit einem Häubchen und einer Schürze werde ich so aussehen«, versprach Diana. »Wenn ich ein billiges Zimmer finden könnte und nur dafür bezahlen müßte, wäre ich ganz zufrieden. Ich bin nicht darauf aus, eine Menge Geld zu verdienen. Ich möchte nur ein paar Wochen hier bleiben.«

»Ich weiß nicht«, sagte Ted, »das kommt alles ein

wenig überraschend und so plötzlich. Aber wenn Sie wirklich bei uns arbeiten wollen und keinen Lohn verlangen, würde es mich freuen. Rose arbeitet sowieso schon zu viel. Wenn die Ausflügler kommen, ist es manchmal anstrengend für sie – unter diesen Umständen, wissen Sie.«

»Wir haben doch an der Rückseite der Garage das kleine Zimmer«, sagte Rose begeistert. »Sie könnte darin wohnen, Liebster. Wir könnten es ihr sehr bequem einrichten.«

»Nun, ich weiß nicht«, sagte der langsamere Ted, »kommen Sie und schauen Sie es sich einmal an, Miß Marlowe, und sagen Sie uns, was Sie davon halten.«

Sie brauchten zwei Stunden, um alles zu besprechen und das Zimmer an der Rückseite der Garage zu begutachten, aus dem leicht ein bequemes kleines Schlafzimmer gemacht werden konnte, wie Diana sah.

Sie beschlossen, daß Diana für Kost und Logis und die Trinkgelder bei ihnen blieb und Rose vorübergehend half.

Ted und Rose waren jung und in vieler Hinsicht so impulsiv und aufrichtig freundlich, daß Diana bald das Gefühl hatte, sie übervorteile sie, weil sie ihren eigenen Willen durchgesetzt hatte und die Erlaubnis bekam, bei ihnen zu bleiben.

Es war eine gute Lösung. Hier würde sie aller Wahrscheinlichkeit nach keiner von ihren eigenen Bekannten suchen, ja man würde nicht einmal vermuten, daß sie in einem Hotel oder einem Gasthaus dieser Stadt abgestiegen sein könnte.

Man würde die weggelaufene Verlobte eines bekannten Peers auch nicht in der Verkleidung einer Kellnerin mit Haube und Schürze in einer kleinen Tankstelle mit Teestube an der Straße suchen.

Als sie am Donnerstag morgen aufstand – es war der Tag, an dem ihre Hochzeit hätte stattfinden sollen – und sich in dem kleinen zugigen Zimmer anzog, dachte sie, was für ein Glück sie doch hatte, daß sie nicht zur St. Margaret's Church fahren und zum Hochaltar hinabschreiten mußte, während der Chor ›Die Stimme, die über Eden hauchte‹ sang.

Erstaunlicherweise war sie in diesem neuen Leben sehr glücklich. Je besser sie Ted und Rose kennenlernte, um so mehr mochte sie die beiden.

Sie waren so natürlich und schlicht in ihrer Liebe zueinander und in ihrer Freude am Leben. Das einzige, was sie je gewollt hatten, war genügend Geld, um zusammen leben zu können.

Die Radfahrer gaben Diana niemals ein Trinkgeld, aber die älteren Damen und die Autofahrer ließen regelmäßig ein paar Pennies unter dem Teller liegen, die Diana dankbar einsteckte und in ihrem Zimmer aufbewahrte.

Da Ted und Rose sie verköstigten und ihr das kleine Zimmer zur Verfügung stellten, hatte sie keine großen Ausgaben. Sie wußte, daß ihr Wochenverdienst klein war, aber sie konnte damit gut eine Weile auskommen.

Während der nächsten Wochen gewann sie neue Einblicke in die menschliche Natur.

Sie lernte den nörgelnden Kunden kennen, der an allem etwas auszusetzen hatte und an jeder Rechnung etwas zu kritisieren fand.

Sie lernte arme Gäste bemitleiden, die offensichtlich ihre Pennies zählten, ehe sie eine Bestellung aufgaben und jedes Krümelchen Brot aufaßen, als hätten sie lange keine richtige Mahlzeit mehr gehabt und wüßten nicht, wann sie die nächste bekommen würden.

Sie mochte jene Gäste nicht, die Zuckerstückchen stahlen, wenn sie nicht hinsah und sie heimlich in ihre Taschen gleiten ließen.

Die Tage verstrichen ereignislos. Diana stand ungefähr um sieben Uhr auf, räumte ihr Zimmer auf und putzte dann die Teestube.

Um halb neun frühstückte sie mit den Alcocks, und um neun Uhr war alles bereit für die Kunden, sowohl in der Garage als auch in der Teestube.

Wenn das Geschäft flau war, was morgens in der Regel der Fall war, half Diana Rose bei der Wäsche, oder sie bereitete das Mittagessen zu, während Rose in dem kleinen Bungalowzimmer, das sie mit ihrem Mann bewohnte, ihren Pflichten nachging.

Diana war überrascht, als sie feststellte, daß sie eine recht gute Köchin wurde, und sie entdeckte, daß dies mehr oder weniger eine Sache des gesunden Menschenverstandes war.

Einmal verbrannte sie sich allerdings beim Kochen die Finger, und ein anderes Mal zog sie sich am Fuß eine Verbrühung zu, als sie kochendes Wasser verschüttete.

Das Wetter war meistens schön – zum Glück, denn die Teestube war nicht für wirklich schlechtes Wetter gebaut und ließ leicht Wasser herein, wenn es stark regnete.

Bei Regen eilten auch die Kunden lieber in die Stadt und nahmen ihre Mahlzeiten in der Behaglichkeit eines Pubs ein, wo sie ein warmes Feuer und weniger Zugluft hatten.

Am Ende des Monats kam es Diana so vor, als hätte

sie schon seit Jahren bei den Alcocks gewohnt. Ihr Leben in London und ihre Verlobung mit Hugo waren in weite Ferne gerückt.

Sie hatte keine Ahnung, was in London geschehen war. Sie war zu nervös gewesen, um in die Stadt zu fahren und Zeitungen zu kaufen, und Ted und Rose konnten sich kein Zeitungsabonnement leisten.

Manchmal lag Diana auf ihrem eisernen Bettgestell und fragte sich, ob sich wirklich jemand um sie Sorge machte, und sie versuchte, einen Entschluß zu fassen, wann sie mit Loelia wieder Verbindung aufnehmen sollte.

Sie wollte Loelia wiedersehen. Sie versuchte, Pläne für die Zukunft zu machen, und hoffte, eine Arbeit im Ausland zu bekommen.

Wenn sie ganz ehrlich zu sich war, wollte sie Loelia vor allem deshalb sehen, weil sie sich nach Neuigkeiten über Barry sehnte.

Sie wollte hören, wie es ihm ging, sie wollte hören, was er tat.

Oft dachte sie in diesen Tagen, was für ein Glück sie doch gehabt hatte, und sie fragte sich, weshalb sie jemals des Lebens überdrüssig gewesen war und es geschmäht hatte.

Nun besaß sie kaum einen Penny, aber sie war sehr glücklich und fühlte sich bei den freundlichen jungen Leuten wohl.

Dies war eine Welt, die sie vorher nicht gekannt hatte, und sie versuchte, die Freundlichkeit von Ted und Rose dadurch zu vergelten, daß sie so nett wie möglich zu ihnen war.

Als der Monat vergangen war, wurde sie dadurch belohnt, daß Rose ihr ergeben war.

Aber Diana wußte auch, daß sie nicht für ewig bei ihnen bleiben konnte. Die Trinkgelder waren wirklich sehr bescheiden, und sie hatte ein Paar Schuhe schon völlig abgetragen.

Trotzdem war sie entschlossen, so lange bei ihnen auszuharren, bis Rose ihr Kind zur Welt gebracht hatte.

Obwohl sie immer öfter an Barry dachte, zwang sie sich ihren eigenen Wünschen nicht nachzugeben.

Und dann, als sie eines Nachts wachlag und auf den Wind und den Regen lauschte, hörte sie draußen jemanden über den Hof laufen.

Ted rief ihren Namen.

»Was ist?« rief sie und setzte sich im Bett auf.

Ted hämmerte an ihre Tür und wartete, während sie in einen Morgenrock schlüpfte und dann öffnete.

Sie schloß sich in der Nacht immer ein aus Angst vor wandernden Erntepflückern, die die Gewohnheit hatten, an jeder Tür zu rütteln in der Hoffnung, für die Nacht ein trockenes Quartier zu finden.

»Rose liegt in den Wehen«, keuchte Ted. »Ich hole rasch den Doktor. Bitte gehen Sie zu ihr.«

»Natürlich«, sagte Diana.

Sie zog sich rasch an und hörte, wie Ted das alte Motorrad startete, das er in der Garage abgestellt hatte und nur bei seltenen Gelegenheiten benutzte, wenn er in die Stadt fahren mußte.

Wenige Augenblicke später verließ Diana ihr Zimmer, und der Wind schlug ihr entgegen, als sie ins Freie trat, und der Regen prasselte auf ihren ungeschützten Kopf.

Es war eine stürmische Nacht. Sie wußte, sie würde am Morgen feststellen, daß es in die Teestube eingeregnet hatte, und sie würde Mühe haben, alles zu säubern.

Sie lief zu Roses Zimmer und trat ein. Rose vergrub ihr Gesicht in das Kissen und stöhnte leise.

»O Gott«, klagte sie, »der Schmerz ist entsetzlich.«

»Alles wird gut«, tröstete Diana. »Der Doktor kommt gleich... Kann ich irgend etwas für Sie tun? Hätten Sie gern etwas warmes Wasser oder eine Tasse Tee?«

Rose wartete einen Augenblick, bis der Schmerz nachließ, und sagte dann atemlos:

»Ich hätte gern eine Tasse Tee. Und es wäre furchtbar nett von Ihnen, wenn Sie das Zimmer ein wenig aufräumen würden.«

Diana stellte in der Küche nebenan den Kessel auf den Herd und begann dann, das Zimmer aufzuräumen.

Rose war eine ordnungsliebende Frau, und es gab nicht viel zu tun – nur Teds Kleider waren wegzuräumen und das Bett so ordentlich wie möglich zu machen.

Plötzlich war Diana von der bemitleidenswerten Schäbigkeit des Raumes betroffen – die Möbel waren billig aus zweiter Hand gekauft worden, der kleine Flecken Linoleum bedeckte nicht einmal die Hälfte des Zimmers, und der Toilettentisch hatte nur einen winzigen Spiegel.

Es dauerte nicht lange, bis der Tee fertig war, aber Roses Wehen wurden immer stärker und traten immer häufiger auf.

Immer wieder ging ihr Stöhnen in kleine Schreie über, und sie ballte die Fäuste, damit sie nicht die Selbstkontrolle verlor.

Diana wußte sehr wenig über den Geburtsvorgang,

aber sie erinnerte sich daran, daß man warmes Wasser brauchte.

Sie stellte alle verfügbaren Töpfe auf, so daß sie kochen würden, bis der Doktor kam. Der Sturm draußen wurde immer stärker.

Heftige Regenböen schlugen an die Fenster und drohten die Scheiben einzudrücken und das nicht allzu stabile Dach über ihnen abzutragen.

»Der arme Ted«, sagte Rose. »Es ist eine schreckliche Nacht.«

Sie trank ihren Tee, und dann legte sie sich mit einem plötzlichen Aufschrei zurück, als die nächste Wehe kam.

Diana sah zum Fenster hinaus und fragte sich ängstlich, wo Ted so lange blieb.

Sie wünschte, sie hätte Rose helfen können. Es war entsetzlich, jemanden in solchen Qualen zu sehen und nicht helfen zu können.

Rose begann vor Schmerzen und vor Kälte mit den Zähnen zu klappern, und Diana lief noch einmal in den Regen hinaus, um von ihrem eigenen Bett die Decken zu holen.

Als sie in Roses Zimmer zurückkam, war sie fast völlig durchnäßt. Sie zog ihre nassen Schuhe aus und stellte sie neben das Feuer in der Küche.

Angespannt horchte sie auf das Geräusch von Teds Motorrad und fragte sich, weshalb er so lange wegblieb.

Ihr kam es so vor, als wäre er schon vor Stunden weggefahren. Sie sah auf die Uhr und stellte fest, daß es halb vier war.

Rose begann jetzt zu schreien, verlor ihre Selbstbeherrschung, wenn die Wehen kamen, und jammerte laut.

›Warum kommt er nicht?‹ dachte Diana. Sie ging zum Fenster, dann wieder zurück zu Rose, die inzwischen ihre Umgebung vergessen hatte und nur noch schrie, wenn die Wehen kamen.

›Was soll ich nur tun, wenn das Baby kommt und der Doktor noch nicht hier ist?‹ dachte Diana.

Die Töpfe summten auf dem Feuer, und der Doktor war immer noch nicht da. Schließlich hörte Diana zu ihrer Erleichterung das Geräusch eines Autos. Und dann klopfte jemand an die Tür der Teestube.

›Das ist nicht Ted‹, dachte sie. ›Ted würde zur richtigen Tür hereinkommen.‹

Sie lief in die Teestube und öffnete die Tür. Ein fremder Mann stand vor ihr.

»Mrs. Alcock?« fragte er.

»Mrs. Alcock ist krank«, erwiderte Diana. »Mr. Alcock ist zum Doktor gefahren – ich hoffte, er sei es.«

»Er hatte einen Unfall«, sagte der Mann. »Ich kam her, um es Ihnen zu sagen.«

»Wer hatte einen Unfall?« fragte Diana.

»Ted Alcock. Er stürzte beim Kruzifix, und man hat ihn ins Krankenhaus gebracht. Sie sagten, ich soll seine Frau holen. Deshalb bin ich hier. Es geht ihm sehr schlecht.«

Diana starrte den Mann fassungslos an. Allmählich begriff sie die Bedeutung dessen, was er gesagt hatte.

»Mrs. Alcock liegt in den Wehen. Sie bekommt ein Kind«, sagte sie leise. »Sie müssen einen Doktor holen – bitte, rasch. Fahren Sie wie der Teufel.«

»Verdammt«, sagte der Mann, »hier kommt alles auf einmal, nicht wahr? Ich hole einen Doktor. Halten Sie durch, Miß, ich fahre, so rasch ich kann.«

Er drehte sich um und verschwand im Regen und in der Dunkelheit.

Diana schloß die Tür und ging wieder in Roses Zimmer.

»Ich halte es nicht mehr aus«, schrie Rose. »Ich halte es nicht aus! Oh, Gott«, keuchte sie und trommelte mit den Fäusten auf das Kissen und an die Wand.

Diana ging zu ihr und hielt sie fest.

»Sie schaffen es, Rose«, sagte sie eindringlich. »Halten Sie sich an mir fest. Der Doktor kommt gleich. Es ist alles in Ordnung.«

Aber im stillen betete sie und betete, daß er bald kommen möge.

Der Doktor kam gerade noch zur rechten Zeit und entband Rose von einem gesunden, neun Pfund schweren Jungen.

Aber Ted starb früh am nächsten Morgen im Krankenhaus.

Er war nach dem Unfall nicht wieder zum Bewußtsein gekommen.

Als die Nachricht eintraf, nahm Diana nicht mehr aktiv an den Geschehnissen teil.

Nachdem das Kind gut zur Welt gekommen war und sie ihr möglichstes getan hatte, um dem Arzt und der Gemeindeschwester zu helfen, war sie in Ohnmacht gefallen. Diese hatten zu ihrem Verdruß nun zwei Invalide zu versorgen statt einer.

Die Vorgänge der Nacht waren zuviel für Dianas Nerven gewesen. Sie bekam Fieber, das stark anstieg, weil sie die vielen Stunden in den nassen Kleidern verbracht hatte.

Vierundzwanzig Stunden später lag sie im Delirium und durchlebte immer wieder die Ereignisse der stürmischen Nacht an Roses Bett und betete darum, Ted möge rechtzeitig zurückkommen.

Die Gemeindeschwester war sehr freundlich, riet aber dazu, Diana sofort in ein Krankenhaus bringen zu lassen, denn im Augenblick war eine sorgfältige Pflege für sie das wichtigste.

Der Arzt aber hatte Fantasie und war scharfsinnig. Er hatte sofort gesehen, daß Diana keine gewöhnliche Kellnerin war, ja daß es auch unwahrscheinlich war, daß sie mit Rose eng befreundet war.

Er fragte Rose aus und erfuhr alles, was diese über Diana wußte. Das war wenig genug.

Er kam zu dem Schluß, daß diese geheimnisvolle junge Frau, die augenscheinlich aus dem Nichts aufgetaucht war, keinen Penny besaß und doch teure Unterwäsche mit echter Spitze trug, in ihrem jetzigen Gesundheitszustand jemanden brauchte, der enger mit ihr verbunden war.

Daher hatte der Arzt keine Bedenken, Dianas kargen Besitz durchzusehen, den sie in dem kleinen Zimmer hinter der Garage aufbewahrte.

»Ich weiß, es ist nicht ungefährlich, sie in diesem Augenblick zu transportieren«, sagte er zur Gemeindeschwester, »aber wir müssen es riskieren. Ihre Konstitution ist gut, nur ihre Lebenswille scheint gelitten zu haben. Und außerdem ist sie unterernährt. Andererseits leuchtet mir diese Armut nicht ein, wenn man sich das hier ansieht.«

Er hielt der Gemeindeschwester Dianas Morgenrock hin, ein Gewand aus pfirsichfarbenem Samt, dicht mit ungebleichter Spitze besetzt und an den fülligen Ärmeln mit den dazu passenden Straußenfedern.

Der Morgenrock war ein Relikt aus Dianas reichen Tagen in der Park Lane, und er wirkte seltsam unpassend auf dem wackeligen Bettgestell mit den dünnen Wolldecken und den groben Baumwolltüchern.

Die Gemeindeschwester jedoch schnaubte und ließ sich zu keiner Antwort auf die Frage des Doktors herab.

Sie hatte ihre eigene Meinung darüber, auf welche Weise junge, hübsche weibliche Wesen in den Besitz verführerischer und teurer Unterwäsche kommen konnten, selbst wenn die Mädchen nicht einmal in der Lage waren, sich eine anständige Mahlzeit zu leisten.

Als der Doktor die oberste Schublade der hohen, gelb gestrichenen Kommode aufzog, sah er Haarbürsten aus Schildpatt, von denen er wußte, daß sie nicht billig erworben sein konnten.

Er fand auch die üblichen Kosmetika, die jede moderne junge Frau benützt, und alle waren aus teuren Geschäften, und alle sprachen für eine Besitzerin, die an Luxus gewöhnt war.

Aber er fand keine Briefe, Schriftstücke oder Scheckhefte irgendwelcher Art, die ihm hätten weiterhelfen können, auch keine Visitenkarten und nur einen bemitleidenswert geringen Geldbetrag.

Und dann entdeckte er unter einigen spitzengesäumten Taschentüchern ein kleines, dünnes Buch mit dem einfachen Titel ›Ein Weg‹.

Am Fuß der ersten Seite stand ›Huntsman's House‹.

›Huntsman's House‹ ... überlegte der Doktor, und dann fiel es ihm ein.

Malvern – er kannte das Haus gut. Er war oft an der Einfahrt zum Huntsman's House vorbeigefahren, und er erinnerte sich vage daran, einmal den Besitzer, Jack Standish, kennengelernt zu haben.

Das konnte eine falsche Fährte sein, vielleicht aber

auch nicht. Jedenfalls war er bereit, einen Fehler zu riskieren, um Diana zu helfen, die im Delirium lag und immer wieder murmelte:

»Kommt der Doktor... rechtzeitig? Oh, Gott... gib, daß der Doktor... rechtzeitig kommt.«

Dr. Laurenson sollte den Entschluß niemals bereuen. Er rief die Standishs an und bat sie um Rat wegen seiner im Delirium liegenden Patientin.

Jedermann nimmt gern Dankbarkeit entgegen, und in Loelias Augen standen Tränen, als sie dem Doktor ungefähr eine Stunde später dankte, nachdem sie mit ihrem Wagen vorbeigekommen war.

Und Dr. Laurenson wäre kein Mensch gewesen, wenn er nicht dankbar die vielen Wildbret-Geschenke angenommen hätte, die er im Laufe der nächsten Jahre von Jack erhalten sollte, und die vielen Einladungen zu unterhaltsamen Abendessen im Huntsman's House, denen immer sein Lieblingsspiel Bridge folgte.

Loelia und Jack waren beide tiefer Dankbarkeit fähig. Sie vergaßen niemals einen Freund und zeigten lebhaftes Interesse an jedem, der ihnen einmal einen Gefallen getan hatte.

Ja, sie gewannen den fülligen, gutmütigen Doktor lieb, der seine Praxis in dem kleinen Ort auf dem Land manchmal etwas monoton fand.

Während der folgenden Wochen besuchte Dr. Laurenson täglich das Huntsman's House, wo seine Anordnungen von einer tüchtigen Privatkrankenschwester aus London ausgeführt wurden. In dieser Zeit freundete er sich eng mit seinen Nachbarn an, die er seit Jahren flüchtig kannte, mit denen er aber erst durch Dianas Krankheit in engeren Kontakt gekommen war.

Diana genas langsam. Die Aufregungen und Entbehrungen der letzten Monate hatten an ihren Kräften gezehrt.

Ihre mangelhafte Ernährung und die für ihre Verhältnisse harte Arbeit hatten sie sehr mitgenommen und geschwächt.

Eine doppelseitige Lungenentzündung ist keine harmlose Krankheit, und Dr. Laurenson war der erste, der vorschlug, man möge einen Spezialisten hinzuziehen.

Aber dieser wußte keine andere Behandlung als jene, die Diana bereits zuteil wurde, obwohl er ein horrendes Honorar verlangte, verglichen mit Dr. Laurensons bescheidenen Rechnungen, und dies lediglich für die Bestätigung, daß dessen Diagnose und Behandlung richtig waren.

Nach vielen ängstlichen Stunden überstand Diana die Krise und begann sich langsam zu erholen.

Als sie wieder zu Bewußtsein kam und bemerkte, daß sie sich bei Loelia befand, war sie zu schwach, um sich Gedanken darüber zu machen, warum sie bei ihr war. Sie begnügte sich damit, freundlich und dankbar zu lächeln, und ließ sich von Loelias fähigen Händen gesundpflegen.

Und dann galt eine ihrer ersten Fragen Rose und deren Kind.

Sie erzählten Diana längere Zeit nichts von Teds Tod, aber als man ihr davon berichtete, wurde der Schock dadurch gemildert, daß Loelia in ihrer gewohnten impulsiven Großzügigkeit dafür gesorgt hatte, daß Rose vorerst zu ihrer Familie zurückkehren konnte. Loelia hatte auch einen Käufer für die Garage und die Teestube gefunden.

So elend der jungen Witwe auch zumute war, so hatte sie doch den Trost, einen kleinen Notgroschen für sich und ihren Sohn zu besitzen.

Aber Loelia hatte es nicht dabei bewenden lassen. Sie hatte viele Stunden mit Besuchen bei Rose verbracht und sich Gedanken über die Zukunft des Kindes gemacht und ihr auf die liebenswerteste Art und Weise über ihren schmerzlichen Verlust hinwegzukommen geholfen.

Von Rose hatte Loelia viel über Dianas Arbeit in der Teestube erfahren.

Loelia erzählte Dianas Geschichte Jack und ließ kein Detail aus. Sie berichtete ihm über Dianas Mut, ihre Energie und Entschlossenheit, mit der sie ihrer Flucht vor Hugo und vor allen ihren gemeinsamen Freunden ins Auge sah.

»Im Grunde wußte ich die ganzen Jahre, seitdem ich Diana kennengelernt habe, daß sie Mut besitzt und mehr in ihr steckt als in der ganzen Gesellschaft, die sie repräsentierte«, sagte Loelia. »Du mußt zugeben, daß ich recht hatte, Liebling.«

Jack stimmte Loelia zu. Er selbst gewann Diana lieb und verbrachte viele Stunden an ihrem Bett und sprach mit ihr über seine Pläne und über seine Arbeit mit Barry.

Er war überrascht, wie sehr sie sich dafür interessierte und wie dringend sie ihn darum bat, ihr die Bücher zu leihen, die sie veröffentlicht hatten. Sie drängte ihn, ihr über seine Expeditionen zu erzählen, die er vor seiner Heirat zusammen mit Barry unternommen hatte.

Jack fühlte sich geschmeichelt von ihrem Interesse an seinen Erlebnissen.

Loelia ahnte, daß Dianas Interesse daran hauptsächlich den Abenteuern Barrys galt, aber sie hütete sich, dies vor Jack auszusprechen.

Sie ließ die beiden Menschen, die sie liebte, so oft wie möglich zusammen sein und ermutigte sie, sich miteinander zu befreunden.

Loelia hatte Dianas Anwesenheit im Huntsman's House vor jedermann außer Jimmy geheimgehalten. Ihm hatte sie geschrieben was geschehen war, und sie hatte ihn darum gebeten, sie sobald er abkömmlich war zu besuchen.

Jimmy hatte mit einem Dankesbrief geantwortet.

»Er ist erleichtert, daß ich Hugo nicht geheiratet habe«, sagte Diana zu Loelia.

»Ich bin es auch«, erwiderte Loelia.

Es war das erste Mal, daß Hugos Name zwischen ihnen fiel, und Diana errötete einen Augenblick.

»Findest du, daß ich mich sehr schlecht benommen habe?« fragte Diana.

Loelia lächelte Diana an, ohne ihr zu antworten.

»Es gab Gründe, weißt du«, sagte Diana.

»Natürlich«, sagte Loelia. »Mache dir weiter keine Gedanken darüber, Liebste. Alle Menschen machen Fehler, aber der schlimmste Fehler ist eine unglückliche Ehe.«

Loelia wurde sehr ernst und ein wenig traurig, wie immer, wenn sie an die langen Jahre ihrer Ehe mit Malcolm Fenton dachte. Nach einer Weile sagte sie fröhlich:

»Egal, sprechen wir nicht mehr darüber. Ich habe Neuigkeiten für dich – gute Neuigkeiten für uns –, und ich hoffe, auch für dich. Würde es dir etwas ausmachen, wenn wir Besuch bekämen?«

Diana lag mit einer warmen Decke über den Füßen

auf dem Sofa. Als sie den Tonfall von Loelias Stimme hörte, blickte sie auf.

»Wer ist es?« fragte sie.

»Barry«, antwortete Loelia. »Er ist wieder in England, und er möchte uns besuchen. Stört es dich?«

Kein aufmerksamer Beobachter hätte die freudige Erregung übersehen, die sich in Dianas Miene zeigte. Sie errötete, und die Farbe verblaßte wieder, als sie sich unter Kontrolle zu bringen versuchte.

»Ich glaube, das wäre sehr nett«, sagte sie schließlich sehr ruhig.

Loelia beließ es dabei ohne weiteren Kommentar.

Doch als Diana allein war, ergriff sie plötzlich Panik bei der Vorstellung, Barry wiederzusehen.

Es war fast ein Jahr her, seitdem sie sich gesehen hatten, und es kam ihr so vor, als hätte sie sich inzwischen vollständig verändert.

Sie war ein anderer Mensch geworden, anders als alle Dianas, die er früher gekannt hatte – die fröhliche, verwöhnte, elegante Diana, die traurige, die gebrochene Diana, der er geholfen hatte, oder jene Diana, die gegen das Leben und sich selbst angekämpft und es gelernt hatte, ihn mit ganzem Herzen und ganzer Seele zu lieben.

Jetzt sah sie im Licht der letzten paar Monate, wie frivol sie Barry vorgekommen sein mußte, wie töricht und oberflächlich mit ihren sinnlosen Beschäftigungen und ihrer beschämenden Wertschätzung von Dingen, die absolut unwichtig waren.

Sie erkannte, wie recht er gehabt hatte, als er sagte, daß nur wenige Menschen im eigenen Leben eine Rolle spielen, gleichgültig, ob sie für oder gegen einen sind, ob sie einen schätzen oder nicht.

Nur jene, die einem weit überlegen sind, spielen in Wirklichkeit eine Rolle bei den großen Schlußfolgerungen des Lebens. Aber die wichtigste Person ist man selbst. Wenn man sich selbst aufgibt, fällt man unter jegliches Richtmaß.

Warum war ich nicht einsichtiger, als ich Barry kennenlernte? fragte sich Diana jetzt bitter.

Sie fürchtete sich davor, Barry wiederzusehen. Sie fürchtete sich, weil ihr seine Meinung so wichtig war und weil sie sich so sehr nach ihm sehnte.

Sie wußte, daß Barry der einzige Mensch war, nach dem sie ihr ganzes Leben lang wirklich verlangen würde.

Außer ihm und ihrer Liebe zu ihm zählte nichts mehr, und sie begriff, was Romanautoren meinen, wenn sie schreiben, daß man bereit sei, barfuß um die Welt zu laufen, um den Menschen zu finden, den man liebt.

Ein Gefühl, das in nichts den kleinen Erregungen und rasch aufkeimenden Wünschen ihrer alten Liebschaften ähnelte, überwältigte sie und hielt sie gefangen.

Sie liebte Barry auf eine Weise, daß sie meinte, jede einzelne Faser ihrer selbst gehöre ihm.

Es gab nichts, was sie nicht auf seinen Wunsch hin geopfert hätte, was immer es auch war.

Es war ein merkwürdiges Gefühl, ganz unähnlich den einfältigen Vorstellungen, die sie bisher für Liebe gehalten hatte.

Es war so, als hätte sie aufgehört, sie selbst zu sein, und wäre geistig und körperlich nur noch die Sklavin des Mannes, der ihr je etwas bedeuten würde.

Diana stand vom Sofa auf, ging durch das Zimmer zu

dem langen, goldgerahmten Spiegel hinüber und betrachtete sich darin.

Sie war schlanker als vor ihrer Krankheit, und ihr Haar hatte etwas von seinem goldenen Schimmer verloren.

Aber ihre Augen waren groß und strahlend, und ihr dunkles Kleid betonte ihre makellose weiße Haut.

Sie betrachtete sich und dachte daran, daß Barry sie vor zwei Jahren nicht für hübsch gehalten hatte.

Die Worte, die er im Garten gesprochen hatte, kamen ihr jetzt wieder lebhaft in den Sinn, und da sie sehr verliebt war, füllten sich ihre Augen langsam mit Tränen.

»Oh, Barry«, flüsterte sie, und dann verbarg sie das Gesicht in ihren Händen.

Elftes Kapitel

Barry lachte, Robin klatschte in die Hände und schrie vor Vergnügen, und die Hunde bellten vor Aufregung, als Barry immer wieder den Ball für sie über den grünen Rasen warf.

Sie jagten hinterher, schnappten nacheinander, aber nur zum Spaß, und dann kam der Sieger zurückgerannt, hatte den Ball fest zwischen den Zähnen, wedelte vor Freude mit dem Schwanz und legte den Ball Barry vor die Füße.

Diana, die einen großen Blumenstrauß in der Hand hielt, den sie zu dritt im Küchengarten gepflückt hatten, sah ihnen zu und lachte gelegentlich über eine lustige Bemerkung von Robin.

Als Loelia die Stufen vom Haus herabkam, dachte sie, was für eine reizende Gruppe sie doch waren, und im Geist wünschte sie ihnen für die Zukunft Glück, und dies mit einer Inbrunst und einer Voraussicht, über die sie beide errötet wären, wenn sie ihre Gedanken gekannt hätten.

Schließlich waren sogar die Hunde zu erschöpft, um weiter zu toben, und Loelia ging mit dem protestierenden Robin ins Haus und ließ Barry und Diana allein.

Barry lächelte Diana an, als sie ruhig dastand und das Sonnenlicht auf ihrem gelösten Haar spielte. Der Blumenstrauß bildete einen farbenprächtigen Kontrast zu ihrem weißen Leinenkleid.

Gemeinsam schlenderten Barry und Diana über den

Rasen auf die Liegestühle zu, die um einen Tisch gruppiert waren, auf dem der Tee für sie bereit stand.

»Geht es Ihnen wirklich gut?« fragte Barry.

Diana nickte.

»Es geht mir so gut wie seit Jahren nicht. Ich wurde während der letzten Wochen so verwöhnt, daß ich nicht nur wieder völlig genesen, sondern auch gründlich erholt und zu allem bereit bin.«

Barry lachte.

»Gut«, sagte er, »und was ist ›zu allem‹?«

»Darauf kommt es gerade an.«

»Mit anderen Worten, Sie haben einen Entschluß gefaßt«, sagte er.

»Loelia und Jack waren sehr freundlich zu mir«, antwortete Diana und setzte sich auf einen Liegestuhl, »aber ich kann hier nicht ewig bleiben. Ich muß etwas unternehmen. Zu einem aber bin ich fest entschlossen: Ich werde nicht wieder in meine alte Welt zurückkehren. Ich will der Londoner Gesellschaft nicht mehr gegenübertreten, selbst wenn man bereit wäre, mich zu akzeptieren. Aber sprechen wir nicht mehr darüber. Erzählen Sie mir von sich. Was haben Sie vor?«

»Ich fahre in wenigen Tagen von hier nach Cornwall. Ich besitze dort ein kleines Haus. Es steht auf einer Insel, eine Meile vom Festland entfernt. Der Küstendampfer legt einmal in der Woche an. Dort kann ich in Ruhe arbeiten und mich konzentrieren. Übrigens beende ich gerade ein Buch.«

»Ein Buch?« fragte Diana interessiert.

»Ja. Jack hat mich überredet, eines zu schreiben – teils über meine Abenteuer, teils über die Menschen, die ich während der letzten drei Jahre in Indien und in den Klöstern kennengelernt habe. Ich glaube, es wird interessant. Es ist immer lehrreich zu erfahren, wie andere Menschen leben, was sie denken, wenn sie weit vom Trubel der modernen Zivilisation entfernt sind.«

»Werden Sie auch über Ihren letzten Aufenthalt im Kloster schreiben?« fragte Diana.

»Sie haben davon gehört? Ja, natürlich, Loelia wird Ihnen darüber berichtet haben. Es war eine äußerst wichtige Erfahrung für mich. Der oberste Mönch oder Abt, wie wir ihn, glaube ich, nennen sollten, ist ein alter Freund von mir, und er erzählte mir von den außergewöhnlichen Schriften, die dort zum Gebrauch der Mönche aufbewahrt werden.

Als mir klar wurde, was für Schätze sie im Kloster besitzen, war ich von der Idee besessen, diese Manuskripte kennenzulernen.

Aber dann stellte ich fest, daß es Schwierigkeiten gab. Einige der alten, ehrwürdigen Mönche, die seit vielen Jahren diese Bibliothek in ihrer Obhut haben, weigerten sich, mir Einblick zu gewähren. Sie hegen großes Mißtrauen gegenüber Fremden und Touristen, und für einen solchen hielten sie mich, deshalb wollten sie mich auch ihren kostbaren Besitz nicht sehen lassen.

Außerdem wissen sie, daß der materielle Wert der Werke unermeßlich ist, abgesehen vom religiösen Wert.

Um eine lange Geschichte kurz zu machen, ich erkannte, daß ich nur dann die Manuskripte einsehen konnte, wenn ich Mönch wurde, und deshalb trat ich in ihren Orden ein.

Wie Sie wissen, ist in der buddhistischen Religion ein Mönch nicht durch ein Gelöbnis gebunden.

Der einzige, der meine wahre Absicht kannte, war der alte Abt, und er war mir in jeder Weise behilflich.

Nachdem ich mehrere Monate lang bei ihnen gelebt hatte, gewann ich auch das Vertrauen der Bibliothekare und überzeugte sie davon, daß es ihre Pflicht ist, ihr Gedankengut der Welt außerhalb der Klostermauern zugänglich zu machen.

Am Ende kam ich letzte Woche mit zwei Manuskripten nach Hause und mit dem Versprechen, daß ich mich auch künftig an sie wenden darf.«

»Wie wunderbar«, sagte Loelia.

Während sie ihm fasziniert zuhörte, mußte sie daran denken, wie schrecklich sie ihn an jenem Tag vor nicht allzu langer Zeit mißverstanden hatte, als er ins Kloster eingetreten war.

»Werden Sie in nächster Zeit wieder nach Indien fahren?« fragte sie.

»Ich weiß es noch nicht«, antwortete Barry. »Auch ich muß einen Entschluß für die Zukunft fassen, aber das bleibt unter uns. Einige meiner Freunde wünschen, daß ich mich die nächsten zwei Jahre dem öffentlichen Dienst in England widme.

Es gibt viel zu tun. Wir müssen das Problem der Arbeitslosigkeit bewältigen, und ich würde gern dabei helfen, besonders im Norden. Manche Männer haben dort schon seit zehn Jahren keine Arbeit mehr.

Mit der richtigen Botschaft und einer schöpferischen Politik könnten wir etwas für sie und für England bewirken.

Wenn wir aber keine Arbeit für sie finden, müssen wir uns wenigstens um ihr geistiges und physisches Wohl kümmern.

Ich glaube, das ist im Augenblick meine Mission, die Arbeitslosen aus ihrer Apathie zu reißen und sie dazu zu bringen, sich aktiv und schöpferisch zu betätigen.

Aber vorher muß ich das Buch zu Ende schreiben. Es wird mich noch ungefähr einen Monat in Anspruch nehmen. Dann stehe ich in der Schlachtlinie, wie ich es nenne, wo ich am meisten gebraucht werde.«

Sie schwiegen, und Diana blickte über den Garten mit seinem grünen Rasen, den Bäumen, schwer von Früchten, und zu den Schwänen auf dem stillen See.

Um sie herum war alles so friedlich, so ruhig, so still.

Doch die dynamische Kraft ihres Begleiters, seine Energie und Männlichkeit machten die Atmosphäre lebendig, und Diana wußte, daß ein Mann so sein sollte – bereit, für die Schwachen zu kämpfen und sicher in dem Glauben, erfolgreich zu sein, weil das Recht auf seiner Seite stand.

Aber Diana war schließlich eine Frau, und zwar eine verliebte Frau, und die Frage, die sie die ganze Zeit beschäftigte, während sie Barry zugehört hatte, lautete:

›Wie passe ich in seine Pläne?‹

Spät in jener Nacht lag sie wach im Bett und dachte über sich und Barry nach, und sie verschmolzen beide miteinander, als wären sie eine einzige Person. Sie wußte, daß durch die Kraft der Liebe seine Pläne in irgendeiner Weise auch die ihren werden würden.

Sie weinte nicht mehr, und wenn jemand sie hätte sehen können, hätte er in ihrem Gesicht keine Schwäche entdeckt. In ihrem energischen Kinn drückte sich Sir Roberts Willenskraft aus, und in ihren angespannten Augenbrauen seine kraftvolle Entschlossenheit.

In jener Nacht faßte Diana den Entschluß, daß sie Barry dazu bringen wollte, sie zu lieben.

Am Morgen ging sie zu Loelia in den Salon, wo diese an der Haushaltsabrechnung saß.

»Kann ich dich einen Augenblick sprechen, Loelia?« fragte Diana.

»Was ist, Liebste?« fragte Loelia ein wenig überrascht über Dianas entschlossenen Tonfall.

Diana setzte sich neben den Schreibtisch, an dem ihre Freundin arbeitete.

»Würdest du mir bitte die Adresse von Barrys Haus in Cornwall geben?« fragte sie.

»Warum?«

Diana sah ihre Freundin direkt an.

»Ich will es dir erklären, Loelia«, sagte Diana. »Ich weiß, ich kann dir vertrauen, und wenn ich dich bitte, es niemandem zu sagen, nicht einmal Jack, wirst du es auch nicht tun. Nun – ich liebe Barry.«

»Das dachte ich mir«, sagte Loelia.

»Aber er liebt mich noch nicht.«

»Da bin ich nicht so sicher«, sagte Loelia. »Barry ist ein merkwürdiger Mensch. Ich glaube, er bemerkt die Liebe gar nicht, wenn es um Frauen geht. Wahrscheinlich wird ihn eines Tages die Liebe unversehens überraschen und überwältigen. Diana, Liebste, du weißt, ich wünsche mir mehr als alles andere, daß sich meine beiden besten Freunde verheiraten.

So seltsam es klingt, aber ich habe immer irgendwie gespürt, daß ihr beide zueinander paßt. Und ihr habt eines gemeinsam, eine Unversehrtheit, glaube ich, etwas Unzerstörbares, das euch befähigt, weiterzumachen, nicht aufzugeben, was immer euch auch widerfährt.«

»Danke, Liebste«, sagte Diana und berührte kurz Loelias Hand.

»Weißt du, ich glaube wirklich, daß Barry dich liebt, auch wenn er es selbst noch nicht weiß. Offen gesagt, als du gestern abend zu Bett gegangen warst, sprach ich mit ihm über dich und über deine Arbeit in der Teestube, ehe du so krank wurdest und wir dich wiederfanden. Am Ende sagte ich:

›Sogar Jack gibt zu, daß ich recht habe, was Diana anbetrifft. Sie ist ein fantastischer, großartiger Mensche.‹

Ich schmeichele dir nicht, Liebste, das habe ich gesagt. Und Barry sah mich an und antwortete:

›Natürlich ist sie das.‹«

Diana legte die Fingerspitzen aneinander und sagte leise:

»Noch vor einer Woche hätte ich nicht gewagt, das zu tun, was ich jetzt vorhabe, weil ich meiner nicht sicher war. Aber nun bin ich überzeugt davon, denn ich liebe Barry und weiß, daß er der richtige Mann für mich ist und ich die richtige Frau für ihn bin, und ich muß dafür sorgen, daß er es zur Kenntnis nimmt.«

»Was willst du tun?« fragte Loelia.

»Ich fahre zu ihm nach Cornwall«, antwortete Diana.

Ein kleines Motorboot trug Diana an der Küste entlang und an den rauhen Klippen vorbei, vor denen weiße Seemöwen schreiend kreisten.

Kormorane, die auf den Felsen saßen, tauchten unter, wenn sie sich näherten, und tauchten ebenso unbesorgt wieder auf, weil sie wußten, daß ihnen keine Gefahr drohte.

Das Meer war ruhig, tief smaragdgrün am Horizont, wo es den blauen Himmel berührte, der nur von einem schwachen Dunst verschleiert war, was eher von der Hitze herrührte als von drohenden Unwettern.

Der junge Fischer in dem blauen Trikot, der das Boot steuerte, war dankbar über den Fahrgast, der ohne

Rücksicht auf die Kosten lieber sein Boot für mehrere Pfund charterte, statt auf den Küstendampfer zu warten, der an diesem Nachmittag die Insel anlaufen würde, zu der sie jetzt fuhren.

Diana, die neben ihrem Koffer saß, war glücklich im Sonnenschein. Sie liebte den Geschmack des Salzes auf den Lippen und die Brise, die ihr das Haar ins Gesicht wehte.

Es war ihr nicht schwergefallen, in dem kleinen Dorf an der Küste das Motorboot zu mieten.

Die Leute hatten sich zwar darüber gewundert, daß sie nicht auf den Dampfer warten wollte, aber wenn sie unbedingt ihr Geld ausgeben wollte – der Fischfang war nicht so lukrativ, daß ein junger Mann nicht gern bereit wäre, seine Abendverabredung zu verschieben, um Diana im Motorboot zur Insel zu fahren.

Glücklicherweise war es ein schöner, ruhiger Tag. Die Küstengewässer können bei rauhem Wetter heimtückisch und gefährlich sein. Und das Boot mit dem kleinen Motor war nicht für große Touren gebaut, sondern nur für Ausflügler, die die Flußmündung hinauffahren oder sich ein kurzes Stück auf die See hinauswagen wollen.

Diana war seit dem frühen Morgen unterwegs. Sie verfolgte Barry zu seinem eigenen Haus. Loelia war bereit gewesen, ihr zu helfen, und so erfuhren weder Jack noch Barry etwas davon, daß Diana schon Stunden vor Barry aufgebrochen war, ehe dieser Huntsman's House verließ.

Diana hatte ihre Pläne sorgfältig durchdacht. Barry durfte keinesfalls wissen, daß sie auf seine Insel fuhr.

Sie wußte, daß sein Haus das einzige auf der Insel war. Er hatte die Insel gepachtet, um dort völlig ungestört in der Einsamkeit zu leben.

Nach Loelias Beschreibung hatte sie etwas Außergewöhnliches erwartet, aber trotzdem war sie nicht auf die Lieblichkeit vorbereitet, als sie einen Landvorsprung umfuhren und *Berg Island* vor ihnen lag.

Barrys Haus stand an der höchsten Stelle der Insel, sehr klein, aber im Mittelpunkt, und die roten Klippen fielen auf der Seeseite steil und gefährlich ab und gingen in eine Art natürlichen Hafen auf der Festlandseite über.

Das Haus war weiß getüncht und offenbar von einem Architekten entworfen worden, der seine Arbeit verstanden hatte. Es ähnelte einer der Villen von Capri.

Mit seinem flachen Dach stand es als Silhouette vor dem blauen Himmel, und die dunklen Bäume und Büsche, die es einrahmten, zogen sich zum Garten hinab, der am Rand der Klippen lag und in dem im Sommer seltene Pflanzen blühten.

Eine Viertelstunde später hatte Diana den Fischer für die Fahrt zur Insel entlohnt. Sie beobachtete, wie das Motorboot zur Küste zurückfuhr.

Dann nahm sie ihren Koffer und begann langsam, den schmalen Weg zum Haus hinaufzusteigen.

Plötzlich empfand sie auf dieser Insel ein Gefühl der Freiheit. Stille umgab sie, bis auf das Zwitschern der Vögel und das Rauschen der Wellen, die sich an den Klippen brachen.

Es war so, als hätte sie ein fremdartiges Paradies betreten oder wäre die einzige Bewohnerin eines neuen Planeten, auf dem es nur die schönen und guten Dinge der Welt gab.

Loelia hatte ihr erzählt, daß Barry zwei chinesische Diener beschäftigte, die für ihn sorgten.

Sie waren sowohl die Treuhänder seines Besitztums,

als auch die Dienstboten in seinem Haus, und als Diana zum Haus hinaufstieg, stellte sie fest, daß sie auch gute Gärtner waren.

Blumen blühten in allen Farben und wucherten üppig, denn es war kein gewöhnlicher Garten, sondern eine fröhliche Vielfalt von Farben, umrahmt von dunklen Büschen und kleine Bäumen, die das Haus vor den Winterstürmen schützten.

Die Eingangstür befand sich unter einem großen, weiten Mauerbogen, und die Tür selbst war aus rohem Holz und mit einem silbernen Türklopfer in Form einer Schildkröte versehen.

Diana war atemlos, nicht nur vom Aufstieg, sondern von dem Abenteuer selbst. Sie klopfte an die Haustür.

Ein paar Augenblicke später hörte sie Schritte, und die Tür ging auf.

Der chinesische Diener sah sie überrascht an, soweit seine unbewegliche Mine überhaupt Verwunderung ausdrücken konnte.

»Ihr Herr erwartet mich«, sagte Diana. Sie hatte die Worte einstudiert. »Er selbst kommt erst mit dem Abendschiff. Ich bin vorausgefahren.«

Der Diener zögerte einen Augenblick, dann verbeugte er sich tief, nahm ihr das Gepäck ab und ging voraus ins Haus.

Sie folgte ihm durch eine mit Steinplatten ausgelegte Eingangshalle in ein großes Wohnzimmer. Als sie eintrat, hielt sie vor Überraschung den Atem an.

Große Fenster öffneten sich auf eine Veranda, von der aus man nichts als das Meer und den Himmel sah.

Es vermittelte ihr ein Gefühl von Höhe und Abgeschiedenheit von der Welt, als blicke sie aus einem Flugzeug herunter.

Es war schön und sehr ungewöhnlich, und Diana fand, daß es Barry ähnlich sah, etwas so Ausgefallenes zu besitzen.

Die Polstermöbel waren mit farbigem Chintz bezogen, und an den weißen Wänden hingen Spiegel in geschnitzten Rahmen und einige Seebilder.

Der Raum hatte einen unendlichen Charme, und wenn man sich mit dem herrlichen Panorama vertraut gemacht hatte, umgab einen großer Friede.

Diana glaubte, daß in diesem Haus niemals ein lautes Wort gefallen war, es niemals eine Störung der Atmosphäre gegeben hatte, seit es gebaut worden war, und daß jeder, der es besuchen durfte, hier Ruhe und Frieden und Sicherheit vor der Welt gefunden hatte.

Sie zog ihren Mantel aus und stand lange da, sehr schlank und zierlich in ihrem grünen Jerseyrock, und blickte auf das Meer hinaus.

Kurze Zeit später brachte der Diener Tee. Sie trank ihn, rührte aber die selbstgebackenen Kuchen und das Brot, die dazu gereicht wurden, nicht an.

Sie empfand jetzt eine innere Spannung und eine wachsende Erregung. Sie wagte viel, aber das Ziel war das Risiko wert.

Langsam sank die Sonne in glühenden Farben tiefer und tiefer auf den Horizont. Rosarote und scharlachrote Wolken türmten sich zu fantastischen Formen, und dann erschien über ihnen, schwach neben der Pracht der untergehenden Sonne, der erste Abendstern.

Ein Stern hat etwas Fantastisches und Erregendes an sich, dachte Diana. Er ist ein Symbol der Hoffnung und lenkt den Geist in Höhen und darüber hinaus.

Während sie nachdachte und sich zur Ruhe zwang, war jeder Nerv angespannt, und sie fieberte dem entgegen, was kommen würde, als sie Barrys Stimme in der Eingangshalle hörte.

Er begrüßte seine beiden chinesischen Dienstboten in ihrer Muttersprache, wechselte gutgelaunt einige Worte mit ihnen und öffnete dann immer noch sprechend die Wohnzimmertür.

Die Worte erstarben auf seinen Lippen, und er blieb überrascht stehen, als er Diana am Fenster sah.

»Diana... was um alles in der Welt tun Sie hier?« rief er erstaunt.

Diana lächelte ihn mit einer Unbeschwertheit und Gelassenheit an, die erfolgreich ihr heftiges Herzklopfen vertuschte.

»Ich bin gekommen, um bei Ihnen zu bleiben«, sagte Diana strahlend.

»Um bei mir zu bleiben?« Barry legte einen Augenblick die Hand an seine Stirn. »Um bei mir zu bleiben«, wiederholte er. »Mein liebes Mädchen, was meinen Sie damit? Wie kamen Sie überhaupt hierher? Was soll das alles? Ich verstehe das nicht.«

Diana lachte leise.

»Seien Sie nicht so ungastlich«, sagte sie. »Ich kam vor ungefähr zwei Stunden mit einem Motorboot hier an. Ich dachte, es würde Ihnen nichts ausmachen, wenn ich hier bin.«

»Aber...«, begann Barry und hielt dann inne.

Er ging durch das Zimmr, packte sie an den Schultern und zwang sie, zu ihm aufzublicken.

»Was soll das heißen? Erklären Sie mir das«, sagte er.

Diana lächelte ihn an.

»Ich bin gekommen, um bei Ihnen zu bleiben«, erwiderte Diana. »Ich werde Sie nicht stören, das verspreche ich Ihnen, aber ich möchte bei Ihnen bleiben.«

Barry starrte sie an, als glaube er, sie sei verrückt geworden. Und dann, ehe er etwas sagen konnte, ging die Tür auf, und der Diener trat ein und brachte frischen Tee.

Langsam nahm Barry seine Hände von Dianas Schultern und trat zurück.

Er zündete sich eine Zigarette an, und sie bemerkte, daß er vielleicht zum erstenmal in seinem Leben seiner selbst nicht sicher war. Er war so konsterniert, daß er seine übliche Selbstbeherrschung verloren hatte.

»Weiß Loelia, daß Sie bei mir sind?« fragte er schließlich.

Diana nickte.

»Ja.«

»Ist Ihnen klar, daß Sie erst in einer Woche wieder abreisen können? Ich habe dafür gesorgt, daß keine Verbindung zum Festland besteht außer dem Dampfer, der einmal wöchentlich hier anlegt. Ich kann nicht telefonieren, ich kann nicht telegrafieren...«

»Und Sie können mich nicht loswerden«, beendete Diana seinen Satz. »Und das ist gut so, Barry. Ich wußte das. Ich wollte einfach hier sein, das war alles. Und jetzt will ich Ihnen Zeit lassen, sich an diese Tatsache zu gewöhnen. Darf ich bitte in mein Zimmer hinaufgehen? Und würden Sie mir sagen, um wieviel Uhr Sie zu Abend essen?«

Einen Augenblick dachte Diana wirklich, Barry würde die Selbstbeherrschung verlieren und sie anschreien, doch dann lachte er plötzlich.

»Schön«, sagte er, »ich gebe auf. Ich weiß nicht, warum Sie hergekommen sind, aber da Sie nun einmal hier sind...«

Er zuckte die Achseln.

»Das ist doch nicht zufällig eine dieser Überraschungspartys?« fragte er. »Ich würde nur gern wissen, ob noch alle möglichen anderen Leute aus den Büschen springen und nach Champagner und Musik verlangen.«

»Ich versichere Ihnen, ich bin Ihr einziger Gast«, erwiderte Diana in gespieltem Ernst.

»Danke«, sagte er und läutete.

Der Diener begleitete Diana hinauf in ein großes Schlafzimmer mit riesigen Fenstern, von denen aus man auf das Meer hinaussah.

Das Zimmer war einfach möbliert und hatte weiße Wände und Vorhänge aus altem italienischem Brokat. Auch das Bett war italienisch. Es war einst in leuchtenden Farben angestrichen worden, die aber im Laufe der Zeit zu einer weichen Patina verblaßt waren.

Diana packte den Koffer aus und fand den Weg von ihrem Schlafzimmer in ein Badezimmer, das jeglichen Komfort enthielt.

›Barry hat es hier wirklich sehr bequem‹, dachte sie.

Das ganze Haus war makellos sauber, aber es machte einen sehr maskulinen Eindruck auf sie. Die kleinen femininen Dinge wie Blumen, Fotografien und Nippessachen, mit denen Frauen sich so gern umgeben, fehlten.

Überall waren Unmengen Bücher, selbst in den Korridoren standen Regale, und es gab nur ein oder zwei besonders schöne Möbelstücke, die Barry offensichtlich von seinen Reisen mitgebracht hatte.

Trotzdem war das Haus fantastisch, und vor allem seine Lage vermittelte ihr diesen Eindruck. Doch im Winter könnte es hier trostlos sein, dachte sie.

Und doch konnte man bequem hier wohnen. An den Fenstern waren dicke Läden angebracht, und es gab große, offene Kamine, in denen lange Holzscheite Platz hatten.

Die Vorhänge waren nicht dünn, wie man sie in einer südfranzösischen Villa vorgefunden hätte, und die Teppiche auf den Fußböden waren dick und warm.

Barry hatte das Haus zu seinem Heim gemacht, und doch war es gleichzeitig eine Festung der Einsamkeit.

Nachdem Diana gebadet hatte, zog sie ein Kleid aus weißem Chiffon an, das ein Strauß seidener Rosen an der Taille zierte.

Loelia hatte ihr das Kleid geliehen, und es stand Diana vorzüglich.

Sie betrachtete sich einen Augenblick im Spiegel. Trotz der warmen Nacht zitterte sie ein wenig vor Furcht und Erregung.

Dann hob sie energisch ihr Kinn und ging langsam die Treppe hinab zum Salon.

Das Essen wurde auf der Veranda serviert. Große Kerzen beleuchteten den Tisch, und unter ihnen im Dunkeln lag das Meer, und über ihnen war der mit Sternen besäte Himmel.

Alles schien unwirklich zu sein, wie eine Szene in einem Schauspiel. Das Silber und das Kristall schimmerten im Kerzenlicht, und es beleuchtete ihrer beider Gesichter, als sie sich unterhielten, während die Diener ruhig die Speisen servierten und sich dann bis zum nächsten Gang wieder zurückzogen.

Diana und Barry sprachen über hunderterlei Dinge, über die Männer und Frauen reden, wenn sie sich füreinander interessieren; belanglose Dinge mit einem ernsten Unterton.

Barry sprach nicht mehr über ihre Anwesenheit.

Als sie zum Essen heruntergekommen war, hatte er

ihr mit dem Charme eines guten Gastgebers einen Cocktail angeboten, und dann hatten sie sich unaufhörlich miteinander unterhalten, vielleicht weil sie beide fürchteten, daß Schweigen zwischen ihnen mehr als jedes gesprochene Wort sagen könnte.

Sie saßen lange am Tisch, verweilten bei Kaffee und Likör und beobachteten, wie der Mond am Himmel aufstieg und einen silbernen Schimmer auf das Wasser warf.

Schließlich stand Diana auf und ging ins Zimmer.

»Ich möchte schlafen gehen«, sagte sie.»Ich bin müde von der langen Reise.«

»Natürlich«, sagte Barry.

Er zündete in der Halle eine Kerze an.

»Hier gibt es kein elektrisches Licht, wissen Sie«, sagte er. »Und ich hasse Laternen.«

Die Kerze flackerte, als sie die Treppe hinaufgingen und warf unheimliche Schatten an die Wände.

Diana öffnete ihre Zimmertür. Die Vorhänge waren nicht zugezogen worden, und sie konnte in die Sternennacht hinaussehen.

Zwei Kerzen brannten zu beiden Seiten des Bettes und warfen einen sanften, rosaroten Schimmer auf die weißen Kissen und das geschnitzte, bemalte Kopfteil.

»Haben Sie alles, was Sie brauchen?« fragte Barry. »Meine Diener sind keine weiblichen Gäste gewöhnt.«

Diana schwieg. Sie blickte auf das Meer hinaus, und ihre Augen mit den dunklen Wimpern und ihr Mund wirkten weich und ein wenig sehnsüchtig.

Plötzlich rührte Barry etwas in ihrer Haltung, in ihrer Hilflosigkeit.

»Diana, warum sind Sie hergekommen?«

Sie wandte ihm langsam das Gesicht zu und sah ihn an.

»Warum?« fragte er noch einmal.

Seine Stimme klang so, als kenne er die Antwort und fürchte sich vor ihr.

»Ich wollte ... einfach bei Ihnen ... sein.«

»Allein hier – in meinem Haus?«

»J ... ja.«

»Ich verstehe das nicht. Oder bin ich etwas beschränkt?«

»Das ist ganz ... offensichtlich ..., fürchte ich ...«

»Wollen Sie damit sagen ...«

»Ja, Barry ... ich liebe Sie ... ich liebe Sie schon seit sehr langer ... Zeit.«

Einen Augenblick war Barry sehr ruhig, und dann umarmte er sie, als würde er von etwas angetrieben, das stärker war als er selbst.

Diana hob ihr Gesicht zu dem seinen. Er küßte sehr sanft zuerst ihre Stirn, dann ihre Augen. Seine Lippen waren weich und zärtlich, als sie über ihre Haut glitten.

Dann küßte er ihre Mundwinkel. Sie atmete rasch und wollte, daß er ihre Lippen küßte, mehr als sie je in ihrem ganzen Leben etwas gewünscht hatte, und dann nahm sein Mund Besitz von ihr.

Einen Augenblick glaubte sie, sie könne nicht mehr atmen. Das Zimmer wirbelte um sie, und sie glaubte zu schweben.

Sie spürte, wie ihr Körper mit dem seinen verschmolz, als er sie fester und immer fester an sich zog.

›Ich liebe dich ... ich liebe dich‹, wollte sie sagen, aber er hielt sie völlig gefangen.

Etwas Wildes, Wunderbares und Ekstatisches durchdrang sie beide wie eine Flamme.

Diana kam es vor, als trüge Barry sie zu den Sternen empor und als besäße sie kein eigenes Ich mehr.

Es war so vollkommen – so wunderbar, daß sie sich nur an ihn klammern konnte und wußte, daß sie ganz und absolut ihm gehörte.

Das Ende des Regenbogens

Die Kerzen warfen seltsame Muster an die Wand, als die Flammen in der Brise flackerten, Vorboten der Morgendämmerung die über das Meer kam.

»Mein Liebling, mein süßer Liebling«, sagte Barry mit tiefer, leiser Stimme. »Liebst du mich immer noch?«

»Es... gibt... nur... eine... Liebe«, flüsterte Diana. »Ich liebe dich schon so lange... Ich kann mich nicht mehr daran erinnern, wie mein Leben ohne dich war.«

»Aber warum habe ich es nicht bemerkt?« fragte Barry. »Du warst in meinem Herzen, in meiner Seele, und ich wußte nicht, daß es Liebe war oder wie sehr ich dich besitzen wollte, bis ich dich berührte.«

»Bist du jetzt... sicher?«

»Wir können erst in einer Woche heiraten, mein Liebling, aber du gehörst mir, jeder wunderbare, verehrungswürdige Teil von dir, und ich lasse dich nie wieder gehen.«

»Barry... Liebling!«

»Wir werden zusammen leben, wir werden zusammen sein, und ich werde dich lieben und immer mehr lieben, bis wir sterben.«

»Liebe mich... und lehre mich... Es gibt so vieles, was ich lernen muß.«

»Ich werde dich alles lehren, was ich weiß, und wir werden alles andere herausfinden – gemeinsam.«

»Ich bin so... glücklich... so verrückt... so wild... so wunderbar glücklich!«

Barry zog sie an sich. Ihr Körper schmiegte sich weich an den seinen.

»Meine mutige, kleine Liebe«, sagte er. »Du wirst nie wieder allein und unglücklich sein!«

Seine Lippen lagen auf den ihren. Er spürte, wie sie zitterte, und dann gab es nur noch eine Flamme, die sie beide davontrug zu einem grenzenlosen unendlichen Horizont.

Ihre Stimmen, bebend vor Verlangen, sprachen wie eine.

»Ich liebe dich!« – »Ich liebe dich!«

Die Kerzen flackerten und gingen aus.

HEYNE BÜCHER

Linda Sole

Leidenschaften, Glück und Schicksal - eine meisterhafte Erzählerin bewegender Liebesgeschichten.

01/9053

Außerdem erschienen:

Die sanfte Macht des Vergessens
Roman
01/8671

Der weiße Sommer des Abschieds
Roman
01/8846

Wilhelm Heyne Verlag
München